Jérôme Tonnerre

Le petit voisin

Gallimard

Né à Paris en 1959, Jérôme Tonnerre est d'abord journaliste spécialisé dans le cinéma. Puis, encouragé par François Truffaut, il devient scénariste. Il débute avec Claude Lelouch en 1983 (*Viva la vie*) et a écrit depuis plus d'une vingtaine de films, notamment pour Claude Sautet (*Quelques jours avec moi, Un cœur en hiver*), Philippe de Broca (*Chouans !, Le Bossu*), Yves Robert (*La gloire de mon père, Le château de ma mère*).

Le petit voisin est son premier récit.

Pour nos filles

« Tout au long de notre vie, nous devenons des personnes différentes et successives, et c'est ce qui rend tellement étranges les livres de souvenirs. Une personne ultime s'efforce d'unifier tous ces personnages antérieurs. »

FRANÇOIS TRUFFAUT,
lettre à Jacques Doillon.

« Les efforts que j'avais fournis depuis trente ans pour exercer un métier, donner une cohérence à ma vie, tâcher de parler et d'écrire une langue le mieux possible afin d'être bien sûr de ma nationalité, toute cette tension se relâchait brusquement. C'était fini. Je n'étais plus rien. »

PATRICK MODIANO,
Chien de printemps, Seuil, 1993.

Il n'est pas mort. Je m'en doutais. L'enterrement ne m'avait pas convaincu. L'imprévu, c'est d'entendre l'épistolier invétéré au bout du fil. Je suppose que le téléphone convient mieux à une voix d'outre-tombe. Le défunt feint m'autorise à partager son secret. Il se cache, hors d'atteinte, reclus volontaire en ses bureaux. Je n'y étais plus retourné depuis longtemps. La dernière fois, juste avant la nuit. Dans l'escalier ciré, je ressens l'hyperémotivité d'antan. Deuxième étage, Les Films du Carrosse : la porte est entrouverte, les lieux déserts, les persiennes closes. Je m'accoutume à la pénombre. Rien n'a changé. Au fond du couloir à gauche, il m'attend, me reçoit, enceint de sa bibliothèque, comme avant, comme toujours. Il est encore affaibli par la maladie. Mais, je le sais, je le veux, il va s'en sortir. Il est anxieux, je le rassure, je le protège. Je le prends dans mes bras. Désormais, c'est lui l'enfant.

Je fais parfois ce rêve. Il dit que les morts ont besoin de nous comme nous avons besoin d'eux. Ils vivent et nous aident à vivre, tant que nous entretenons leur mémoire.

« Je voudrais voir monsieur Truffaut.

– Vous aviez rendez-vous ?

– Non. »

La jeune femme qui m'a ouvert toise cet adolescent aux cheveux courts – enfant de troupe, de l'Assistance, on ne saurait dire –, trimballant un sac de linge, accoutré d'un uniforme : veste à boutons dorés, cravate bronze, calot brodé. Elle me prie de patienter dans le vestibule, disparaît derrière une porte, capitonnée comme celle d'un médecin.

Au commencement était. Quoi ? On se fie à des parchemins. Mon livret de famille indique nom et prénoms, date et lieu de naissance, une case vierge réservée au décès. Les certitudes administratives ne sont pas les miennes. Ratures et biffures occultent ma fiche d'identité, palimpseste.

Je dis m'appeler Tonnerre Jérôme, Christophe, Armand. Je prétends que le 11 octobre

1974, six heures du soir, à Paris, VIIIe arrondissement, âgé de quinze ans, je suis né.

J'ai osé sonner chez François Truffaut.

Désœuvrement, curiosité peut-être, il accepte de me recevoir. Dans son bureau tout en boiseries, étagé du sol au plafond par une profusion de livres, j'entre. Occupé à allumer un cigare, il s'étonne, visiblement, de voir apparaître un jeune garçon cravaté comme il l'est lui-même.

Il me rejoint d'un pas preste, serre franchement ma main moite. Il n'est guère plus grand que moi. Émane de lui une présence inquiète que sa mise convenue voudrait démentir. Aigu, pénétrant, d'une fixité effarée, son regard agrippe le mien pour ne plus le lâcher.

Il m'invite à prendre place, m'observe, intrigué, disponible, fumant son Montecristo. Je voulais le rencontrer, lui parler, mais je demeure pétrifié, mutique. Je m'attendais si peu à être reçu que je n'ai rien préparé, rien à dire. Être là, c'est tout. Le silence s'installe, se prolonge.

Le paradoxe de la situation le divertit. Il a son rire d'enfant. Il doit m'arracher de la bouche ma situation familiale, scolaire, mon milieu d'origine. Je fais des réponses laconiques. Je suis pensionnaire en Seine-et-Marne. Nous avons congé tous les quinze jours. Après deux heures d'autocar, j'ai pris le métro à Stalingrad, correspondance à Palais-Royal, sortie à Franklin-Roosevelt.

Il croit que j'ai fait le voyage exprès pour venir le voir. Oui et non. J'habite le quartier, j'ai appris à lire dans l'école voisine de ses Films du Carrosse. Il s'enquiert du motif de ma visite. J'aime le cinéma, je ressens le besoin d'en parler avec quelqu'un, avec lui. Il acquiesce : « Oui oui, je comprends. Mais, vous savez, à votre âge, je n'ai jamais rencontré personne. Seulement plus tard, à la Cinémathèque... »

Il me raconte son adolescence solitaire, les salles de cinéma dont il avait fait un refuge, un foyer. Timbre voilé, scansion syncopée, le charme très particulier de sa voix. Expliquer, démontrer, convaincre : il semble attentif à l'autre, tout en creusant, opiniâtre, son propre sillon.

« François, vous n'avez plus besoin de moi ? À lundi... » Sa secrétaire a fait une furtive apparition.

Un nouveau silence, qu'il ne cherche plus à rompre. Je finis par bredouiller mon admiration pour *La Nuit américaine*, son dernier film en date. Il se lève, fouille dans ses dossiers, exhume un rouleau de papier sur lequel figure graphiquement le scénario, m'en décrypte le balisage multicolore : « La difficulté, c'était qu'on ne confonde jamais les scènes du film dans le film avec celles du tournage... Des spectateurs m'ont dit qu'ils ne savaient pas que c'était si difficile de tourner un film, d'autres que c'était si agréable. Donc, c'est équilibré, je n'ai pas été trop passionné.

– Moi, votre film m'a décidé à faire du cinéma. »

L'aveu abrupt paraît l'embarrasser, comme s'il se sentait responsable de mes rêveries. Il se veut encourageant, me suggère de tourner des courts métrages en super-8. J'espérais un conseil plus professionnel. Je lui demande comment faire pour débuter dans ce métier. Le train électrique en vitrine, il me le faut, là, tout de suite.

À mon impatience infantile, il réagit en homme raisonnable : « Écoutez, vous avez encore le temps de... » Puis, se ravisant, net : « Soyez scénariste. Mais il faut savoir écrire, il ne suffit pas d'être candidat. »

Mû par un réflexe précoce, j'avais retranscrit ses propos le soir même. Je ne sais plus pourquoi il me dit : « La vraie vie, c'est le cinéma, le reste, c'est la fausse. » Étrange d'asséner cette assertion définitive à un garçon qui se cherche. S'agit-il de me tester ? Voici mon camp, en êtes-vous ? Vous voulez me connaître, mais je n'appartiens pas au monde des vivants, je suis claustré dans une salle obscure. Le cinéaste qu'il interprète dans *La Nuit américaine* a renoncé à tout pour son métier : « Les gens comme toi, comme moi, tu le sais bien, on est fait pour être heureux dans le travail, dans notre travail de cinéma. »

Je suis perplexe. Entre la vie du spectacle et le spectacle de la vie, y a-t-il antinomie, faut-il vraiment choisir ?

Il m'a raccompagné à la porte. Je récupère mon sac de linge. Il me questionne, comme saisi d'un scrupule : « J'imagine que ce n'est pas très amusant, la pension. Mais en famille, ça va ? Les gens sont gentils avec vous ? »

Je crois avoir éludé. Nous nous serrons la main :

« Au revoir, monsieur... vous pensez que nous nous reverrons ?

— Ah, je ne sais pas, il ne faut pas trop forcer ces choses-là, vous voyez. Peut-être que vous pourriez m'écrire, je vous répondrai... »

La rue Marbeuf luit à la nuit tombée Imperméable aux gouttes et aux flaques, à contre-courant des derniers employés de bureau, je rentre chez moi. Ma mère m'attend.

« Tu as vu l'heure ?

— J'avais un rendez-vous.

— Avec qui ?

— Tu ne connais pas. »

Depuis toujours, nous étions tout proches.

Il avait ses bureaux rue Robert-Estienne – « bras mort de la rue Marbeuf », selon Jean Hugo qui vint souvent y visiter l'exécuteur testamentaire de son arrière-grand-père, sans se douter que, longtemps après et dans le même immeuble, un cinéaste se prendrait de passion pour la « tante Adèle ».

De cette impasse au charme provincial, à proximité des Champs-Élysées, mon école communale constituait l'extrémité. Les balcons des Films du Carrosse surplombaient à l'oblique la cour aux quatre marronniers. Logiquement, Truffaut avait vue sur l'enfance. Le charivari de nos récréations, la litanie de nos récitations scandaient ses journées de travail. Invraisemblance de roman-feuilleton, bien avant de le connaître – le reconnaître –, je l'aurais croisé dans la rue, bousculé avec mon cartable, persuadé d'acheter ces timbres contre la tuberculose que nous devions écouler.

Ce voisinage accidentel serait le ferment de notre relation. Académie athénienne, temple nippon, les histoires de maître et disciple imposent un lieu circonscrit. Le lieu du lien.

Pour nous, le quartier Marbeuf, au cœur d'un triangle scalène que forment les Champs-Élysées, les avenues Montaigne et Marceau. Au long du XIXe siècle, sur l'emplacement de champs de courges, fermettes, guinguettes, avaient été percées les voies et édifiés les immeubles, la plupart sur le moule haussmannien.

Lors de ma première visite aux Films du Carrosse, je ressentirais une impression troublante. Mêmes moulures, cheminées, fenêtres, poignées de portes, distribution des pièces, courettes en brique, l'appartement aménagé en bureau était semblable à celui que nous occupions deux rues plus loin.

François Truffaut habite mon enfance.

En ce temps-là, le quartier était peuplé. Une communauté à dominante bourgeoise et catholique, moins compassée qu'à Passy. Les Champs-Élysées, là-bas, équivalaient pour nous au front de mer que négligent les autochtones d'une station balnéaire. Chaperonné par des nurses dominatrices – une Bavaroise, au moindre cri, me tourmentait avec une épingle –, j'en fréquentais les jardins.

« *Nom de Pays : le Nom.* » Sur les traces du Narrateur, le petit Georges Perec, je me souviens, en avait fait les « lieux d'une fugue ». Le 11 mai 1947, il vit s'ériger mon manège de chevaux de bois. Sous la tente rayée de bleu et d'orange, à chaque tour, armé d'une baguette, on devait décrocher un anneau. Pour un gaucher, le handicap était insurmontable. Je préférais les toiles peintes de Guignol, glapir à la menace du gendarme. Au Rond-Point, des badauds chapeautés lisaient le *Figaro agricole* affiché dans les vitrines du journal, les cochers de fiacres bouchonnaient leurs chevaux en guettant le touriste, le Palais de glace accueillait les belles patineuses.

Avenue Montaigne et alentour, les maisons de haute couture cohabitaient sans façon avec les commerces de bouche dont les effluves épiçaient l'air de la ville. Les mannequins, filles longilignes des dessins de Kiraz, se ravitaillaient en céleri branche chez notre épicier auvergnat, béret, charentaises, crayon derrière l'oreille. Les gambilleuses du bal Mabille s'étaient évanouies depuis des lustres, mais à la Sainte-Catherine, coiffes exubérantes, les petites mains de Maggy Rouff et Christian Dior paradaient.

Leur cortège croisait le nôtre, écoliers à clo-che-pied. Certains d'entre nous regagnaient des appartements cossus, d'autres des cham-brettes sous les toits, des loges de concierge. Tous ne disposaient pas de salle d'eau, moins encore du téléphone. Le locataire auquel j'ai succédé aujourd'hui n'eut jamais le chauf-fage central. Le secret de sa longévité. Plus que centenaire – il avait vu s'élever la tour Eiffel –, l'incorrigible M. Michel harcelait encore les femmes de notre périmètre avec des mots crus. Peintre et critique d'art, il avait fréquenté la Goulue, le Modigliani et le Picasso des Mont-parnos. Il me raconta que, âgé de seize ans, il avait frappé à la porte du maître choisi, le bourru Degas :

« Vous désirez ?

– Vous voir.

– Voilà, vous m'avez vu. Vous êtes peintre ?... Ah ! il n'avoue pas... Il faut peindre, jeune homme. C'est même là seulement, à votre âge, qu'il faut peindre. » Degas, antidreyfusard viru-lent, savait-il que le jeune visiteur portait le nom du capitaine honni ?

Les beaux quartiers de mon enfance – halo brumeux du souvenir ? – me paraissent proches du Clichy-Lorette des *Quatre Cents Coups*. Une photo de Doisneau en noir et blanc.

J'ai vu les bouteilles de lait déposées à l'aube

devant la crémerie. J'ai entendu la clochette du rémouleur poussant sa charrette à bras. Avec Bernard, mon petit frère, nous nous précipitions pour le voir passer. En vis-à-vis, rivé à son piano, Jean Wiener nous lançait des mimiques clownesques. Rue Marbeuf, dans sa baraque de la Loterie nationale, une brave vieille vendait des billets au profit des « Gueules cassées » – sur son tricycle à pédales manuelles, un cul-de-jatte de la Grande Guerre nous terrorisait. Dans d'autres cahutes, autour des grands magasins, butinaient des remailleuses de bas. J'ai connu les marchandes de violettes, les crieurs de journaux, les chaisières, les receveurs des autobus à plate-forme, le gardien de phare de la tour Eiffel.

D'un grand-père sabotier dans le Val-de-Loire, je ne peux me prévaloir. Mais j'aurai vécu comme un paysan du fond des âges, attaché à son clocher. Sous les combles où je travaille à présent, j'entends Chaillot sonner les heures, les mariages et les enterrements.

Il y a quelques années, j'ai déserté mon village pour la commune voisine, le IXe arrondissement. L'exil n'a pas duré. Le nomadisme de tous les miens m'a sédentarisé. Je n'ai toujours connu qu'un seul et même horizon. Ici sont mes racines.

L'appartement de mes parents a été vendu, mais je réside maintenant juste en dessous. De sorte que les pièces, parfois le mobilier, coïncident en parfaite symétrie avec le décor de mes jeunes années. Je dors et je rêve sous la chambre même où je fus conçu. Phénomène raréfié dans nos vies, nos villes, je continue d'emprunter l'escalier qui vit monter mon berceau et descendre le cercueil de mon père.

J'habite le quartier de mon enfance mais il ne m'habite plus. Depuis la mort de Truffaut le secteur s'est métamorphosé en morgue de luxe. La frénésie immobilière a nécrosé *tout ce qui fut et qui n'est plus, tout mon vieux coin de rue.* Les habitants ont été sommés de déguerpir, les logements mutés en bureaux, les sous-sols en parkings. Les boutiques fréquentées par les ménagères à cabas ont fait place aux sépulcres de la mode.

Le tracé des rues reste inchangé, mais on finit par ne plus s'y reconnaître. Quelques repères subsistent, fragments de papier peint dans les ruines d'un bombardement. Je me penche sur mon passé. Emboîtant le pas à l'enfant d'autrefois, je refais le chemin des écoliers. Jusqu'au fond de l'impasse. Là où tout a commencé.

Liberté-Égalité-Fraternité. Inaugurée avant la première guerre, l'école de la rue Robert-Estienne continue d'arborer son fronton tricolore et ses faïences florales. Lorsque j'y ânonnais, c'était la communale souveraine. Encriers de porcelaine logés dans les pupitres, instituteurs en blouse grise, coups de règle et cent lignes pour les cancres, bons points et médailles pour les méritants. Le gymnase qui servait aussi de cantine affichait le portrait officiel d'un vieux général. La Ve République, *alma mater*, nous faisait distribuer des bouteilles de lait chocolaté. Le calcium, c'était bon pour la croissance. Le phosphore ? J'ai la mémoire qui flanche. Ici même, un cérémonial se déroulait certains dimanches. Les grandes personnes envahissaient notre territoire pour glisser des enveloppes à l'intérieur d'une boîte. Elles s'isolaient au préalable dans des cabines semblables à des vespasiennes. Le lendemain, nous avions congé, il fallait désinfecter.

À mon tour aujourd'hui, épisodiquement, de venir voter. L'occasion d'une promenade avec mes filles. La cour où s'égayent Claire et Cécile me paraît rétrécie.

Les problèmes de robinet, les leçons de morale nous mobilisaient moins que nos trafics à l'heure de la récré. Il y eut la vogue des pistolets à pomme de terre et des « bombes algériennes » – ces pétards devaient-ils leur nom à un territoire dont les gens ne parlaient pas sans exploser de fureur ? –, les collections de porte-clés et de figurines publicitaires. Cadeau Bonux, enzymes gloutons, bonhomme Antar, on festoyait d'une babiole. C'est du moins ce que veut croire chaque génération, rééditant sans vergogne pour les suivantes la complainte des oranges dans les souliers de Noël.

Le maître de huitième – au pensionnat, j'allais connaître le frère prêtre de ce laïc bon teint – nous épatait en pelant ses oranges d'une seule spirale. Cette année-là, au mois de mai, l'école avait fermé. On faisait la révolution, rive gauche, loin d'ici. De la marche du monde, je ne savais pas grand-chose. Rue Marbeuf, un dépôt de presse exhibait à la une des noms parfaitement inconnus, Fabiola, Dalida, la Chahbanou, Pompidou.

Pour se tenir informée heure par heure, ma mère s'était équipée d'un poste à transistors. À en croire le reporter d'Europe n° 1 dont les studios se trouvaient près de chez nous, Paris était à feu et à sang. En promenant notre teckel, j'étais déçu. Tout semblait paisible. À l'ouest, rien de nouveau.

Le transistor acquis pour les « événements » de 1968 permit aux temps modernes de faire irruption sous notre toit. Équipement ménager, livres, disques dataient. Nous connaissions le presse-purée Peugeot, Alain Bombard, les amoureux de Peynet, Yma Sumac, mais ignorions le robot Marie, les sœurs Goitschel, les Shadoks, les Animals.

Comme un garçon j'ai les cheveux longs, ma mère m'a dit Antoine, le travail c'est la santé. Les tubes du hit-parade rythmeraient nos petits déjeuners. J'avais élu Jacques Dutronc, grand frère ironique. Ses paroles n'étaient pas toujours compréhensibles : *Le plus difficile, c'est bien de la faire crier, sans pour autant lui faire mal...* J'avais huit ans quand, dans la cour de récréation, un initié me confia le grand secret : les filles faisaient les bébés avec leur nombril. Celui des garçons, alors, à quoi servait-il ?

D'une année sur l'autre, les photos de classe captent d'infimes métamorphoses. Nous posons en noir et blanc, cheveux en brosse, bras croisés, culottes courtes, tabliers uniformes. Nous n'avions pas connu la guerre et ses restrictions. C'était, presque en reproche, l'antienne des adultes. Enfants soumis et insouciants du baby-boom, que sont-ils devenus ? L'entrée en sixième nous sépara, je ne les ai jamais revus.

Rue Robert-Estienne, jouxtant l'école, à la même adresse que Les Films du Carrosse, le plombier-zingueur a pris sa retraite. M. Robin réparait nos fuites d'eau et entretenait notre

28

chaudière à gaz. Il en faisait autant chez Truffaut, m'ont révélé les archives maniaques du cinéaste où figurent même les factures des fournisseurs.

À l'angle de l'impasse, une boulangerie prodiguait nos quatre heures. Elle était prolongée par un snack, vague salon de thé, au décor banal de Formica. Le samedi, après les courses, aux Trois-Quartiers, à La Belle Jardinière, ma mère nous y emmenait goûter. Pour éviter pertes de temps et chichis, Truffaut déjeunait ici sur le pouce. Confiserie et petits gâteaux, il restait au plus près de l'enfance. Les derniers résidents sont maintenant privés de pain. Une espèce d'espace vide aux vitrines empoussiérées.

À l'opposite, annexant Félix Potin, ex-Laiterie parisienne, le bottier a prospéré. Dandy tardif – il se contentait adolescent de godillots percés –, Truffaut y faisait faire des chaussures sur mesure. Il paraît que ses formes ont été conservées.

Rue Marbeuf, contigu à la boulangerie, le marchand de journaux a disparu depuis longtemps. M. et Mme Cozette régnaient sur un couloir exigu où s'empilaient en équilibre articles de papeterie et publications. Je m'y procurais mes illustrés : *Les Pieds Nickelés, Amok, Pilote* et *Pif-Gadget*, organe communiste, déplorait ma mère. L'érotique *Satanik* ne circulait que sous le manteau, duffle-coat à l'époque. Boulimique de papier imprimé, Truffaut était un fidèle de la maison Cozette. Elle fut le théâtre d'un quiproquo, suscité par le mimétisme de Jean-Pierre Léaud avec son mentor, que celui-ci se plaisait à raconter :

« Le marchand de journaux de la rue Marbeuf me dit l'autre jour : "Tiens, on a vu votre fils ce matin.

– Mon fils ?

– Oui, le petit acteur." »

Après la fermeture du magasin, Truffaut ira s'approvisionner au kiosque du métro Franklin-Roosevelt. Nous nous y croisions à l'heure du *Monde*. Un soir d'octobre 1984, à la page du carnet, je lirais son avis de décès.

Inutile de s'appesantir. François Villon déplorait déjà les métamorphoses de sa cité, comme la crurent ravagée les contemporains du baron Haussmann. Et il se trouvera quelqu'un dans cinquante ans pour célébrer le Paris enchanteur de la fin du XXe siècle.

Nostalgie, incurable gâtisme. On ne regrette pas les rues anciennes mais la fraîche frimousse disparue du miroir.

Le mercredi 23 février 1966, Truffaut n'est pas rue Robert-Estienne. Il tourne à Londres *Fahrenheit 451,* film d'anticipation où les pompiers ont pour mission de brûler les livres. Dans son *Journal de tournage,* il consigne la séquence prévue : « Clarisse téléphone au capitaine en se faisant passer pour Mme Montag : "Mon mari est malade, au lit, il ne viendra pas aujourd'hui." »

Ce jour-là, ma mère donnerait un coup de fil semblable. Mon petit frère et moi sommes surpris de découvrir Mamie qui nous attend à la sortie de l'école.

Prénommée Grace, notre grand-mère maternelle a grandi à Cambridge, Massachusetts, au temps des voitures à cheval et des teinturiers chinois nattés. *Americana* puritaine et burlesque où elle a rencontré son futur mari, un négociant belge en tabacs virginiens. Notre mère est née sur le sol américain, avant que la petite famille émigre à Bruxelles. Depuis son veuvage, et le mariage de sa fille, Mamie vit près de chez nous. De l'Amérique, alternant tutoiement et voussoiement, elle a conservé un accent à la Stan Laurel, des exotismes alimentaires, *marshmallows* et beurre de cacahuète, ainsi que les us d'une enfance dénuée, glissant du papier journal sous nos habits afin de nous prémunir du froid. Elle sait raconter des histoires. Elle me surnomme « peau de pêche ».

Au retour de l'école, d'un pas nerveux, elle n'a pas desserré les dents. À la maison, Madeleine, la bonne, nous accueille atterrée et nous interdit l'accès à la chambre des parents. Il se passe quelque chose. On ne veut pas nous dire quoi. Une ambulance stationne devant l'immeuble.

La grand-mère procède à l'évacuation des deux garçons. Elle nous escorte à pied jusque chez elle. « Vroum, vroum ! », mon petit frère fait rouler le long du mur une DS Norev. Au bas de notre rue, une plaque rappelle que la crue de la Seine en 1910 a atteint ce seuil. Nous sommes munis d'un petit bagage. Il y aura donc un départ. Pas celui que nous imaginons.

Une perspective tempère notre inquiétude

diffuse. Mamie dispose d'un récepteur de télévision, deux chaînes en noir et blanc. Elle nous invite à regarder *Les Aventures de Saturnin* le jeudi – alors jour des enfants, d'où « la semaine des quatre jeudis » – et *Thierry la Fronde* le dimanche.

Ce soir-là, sur le poste grand-maternel, Nicolas et Pimprenelle tardent à se coucher, Nounours les houspille. Bonne nuit, les petits.

Nos parents refusent l'intrusion cathodique, nous écoutons avec cérémonie la radio du salon. Un imposant poste Philips en acajou qui fait aussi tourne-disque : *Rondes et chansons de France, Piccolo, Saxo et compagnie*. Sur le cadran lumineux, les noms des stations invitent au voyage : Alger 1, Hilversum, Sottens, Limoges, Athlone, Beromunster. Nous avons nos rendez-vous : *Les Maîtres du mystère, Noëlle aux quatre vents, Les Français donnent aux Français*, « une émission de Clara Candiani », *Signé Furax*, « sur une mise en ondes de Pierre-Arnaud de Chassy-Poulay ».

Ce nom me fascine. Le même Chassy-Poulay a dirigé l'enregistrement de mon microsillon préféré : *Ali Baba et les quarante voleurs*. Mon père m'a offert ce disque pour me consoler. Le plus ancien souvenir que j'aie de lui. En 1964, à Orly, c'est la première fois que je vois un

33

avion d'aussi près. Nous accompagnons ma mère. Elle embarque à bord d'une caravelle pour Rome. Pourquoi toute seule ? Mes parents se séparent froidement. Dans cette aérogare, Truffaut vient de filmer le couple adultère de *La Peau douce*.

L'absence et le silence de nos parents persistent depuis une semaine. Sans explication, on nous maintient chez Mamie en quarantaine. Le regard déporté vers la fenêtre du salon, elle finit par révéler : « Votre pauvre père est mort. »

J'ai sept ans, mon frère cinq. Il peine à décrypter la sentence. À défaut de mouchoir, j'essuie mes yeux avec un filet enrobant les saucissons vendus au libre-service du coin, l'un des premiers du genre que ma grand-mère appelle le *self*.

Une crise cardiaque a foudroyé notre père à son cabinet d'avocat. Les rares témoins ayant disparu depuis, je n'en sais guère plus. L'éloge funèbre prononcé à l'époque par un jeune confrère, Jean-Denis Bredin, fait office de rapport de police : « Le 23 février, un ami le ramenait du Palais. Vers quatre heures, il le laissait place François-Ier. "Au revoir, vieux frère, à demain. – À demain." Il n'avait plus une heure à vivre. »

Mort subite nimbée de mystère. On a en toute hâte déplacé le corps du cabinet au domicile. La dame du cinquième étage, la seule qui s'en souvienne encore, ne saurait l'expliquer. Voyant passer sur une civière le cadavre encore tiède, elle s'était alarmée : « Il n'a pas bonne mine, cet homme-là ! »

Paul Léautaud, lui aussi orphelin de père en février, relève dans *In Memoriam* : « Quelle singulière idée pour un Mardi gras de s'habiller en mort. »

Notre père avait eu le tact de s'éteindre le jour des Cendres. Il y a peu, j'ai réalisé pourquoi nous n'avions pu entrer dans la chambre de nos parents. Secret derrière la porte, le défunt reposait sur le lit. Lequel, constitué de sommiers jumeaux, serait scindé. Les deux orphelins occuperaient, chacun pour moitié, la couche conjugale.

Nous avions été privés du deuil. Pour notre bien, pensait-on. L'*american way of death* avait gagné l'Europe. La mort et ses pompes étaient devenues obscènes, hors la scène. Le tabou s'accordait avec les mœurs ombreuses de notre famille peu nombreuse, étrangement décimée. Avant même le décès, on nous élevait dans une poche

35

de silence. Nous soupçonnions un effroyable secret, quelque chose d'indicible. À l'origine.

L'enterrement s'était déroulé à notre insu. Et longtemps nous n'irions pas sur la tombe. En proie à un doute insinuant, nous nous persuadions que la mort, c'était pour de faux. Il y avait eu méprise ou substitution. Papa s'était certainement enfui, pour des raisons que nous ignorions. Nous voulions croire à son retour. Le soir, après la toilette, nous n'étions pas quittes avec l'hygiène. Il fallait faire la prière, agenouillé : « Notre Père qui êtes aux cieux... » Convaincu qu'il s'agissait d'une contrée où s'était réfugié le disparu, mon petit frère cherchait à localiser ces « cieux » sur la mappemonde.

Le lieu même où s'était produite l'impensable catastrophe exacerbait notre confusion : papa avait trouvé la mort rue de la Renaissance.

Chabert, Monte-Cristo, Mathias Pascal, j'en ai gardé une certaine prédilection pour les revenants. Et un sentiment poisseux d'incertitude. Je redoute les séparations et les départs, autant d'abandons et de deuils. Si le train transportant les miens n'arrive pas à l'heure dite, je songe aussitôt : déraillement, morgue, identification des corps. Le meilleur de la vie me paraît menacé, le pire toujours sûr.

Farceur gaillard de la Corpo de droit, célibataire aux aventures multiples, notre père était devenu un homme austère – « visage triste à la Buster Keaton » selon Jean-Denis Bredin. En complet-veston et chapeau, improbable contemporain des yé-yé, accaparé par le sacerdoce d'avocat, il était absent de son vivant déjà. Autoritaire et maniaque, dit-on, le défunt n'était pas facile à vivre. Je n'ai pas eu le loisir de l'affronter.

S'il avait vécu, taraudante question, la rencontre avec François Truffaut et le cinéma serait-elle advenue ?

Le directeur de l'école, pipe et moustache, m'avait sermonné. J'étais désormais le petit homme de la famille, on comptait sur moi. Il avait promis à ma mère de surveiller mes bulletins. D'une bourrade virile, il m'envoya rejoindre la classe. Les copains se chuchotaient la nouvelle, incrédules – « ... son grand-père ? » –, et le maître me ménageait comme un grand malade. L'apitoiement des autres me semblait excessif. L'enfance, je l'avais admis, était de toute façon orpheline. Mon statut se révélait néanmoins utile en certaines circonstances. À la messe, pour juguler un fou rire naissant, je pensais à mon père mort.

Le mot même était scabreux. On m'invitait

à l'euphémisme. J'avais « perdu » mon père. À chaque rentrée scolaire, sur les fiches de renseignements, en regard de « profession du père », il me faudrait inscrire « décédé ». En pension, un professeur de gymnastique dont je serais la tête de Turc – incongruité, le lecteur patient verra pourquoi – m'interpellerait :

« "Décédé", c'est pas un métier, il fait quoi, votre père ?

– Il est mort.

– Et alors ? »

Le médecin appelé en urgence pour constater le décès était devenu notre pédiatre. Fréquemment malade, j'y prenais goût. Dans ma chambre camphrée, les voix de la radio, Maurice Biraud, Francis Blanche, Ménie Grégoire, me tenaient compagnie. Contre les assauts des sirops et suppositoires, j'avais érigé un rempart de livres. Aux *Ric Hochet* et *Bob Morane* que lisaient mes camarades, je préférais les héroïnes intrépides, Aggie, Alice, Claude et le chien Dagobert.

Mon imaginaire s'éveilla aux mythologies d'un autre temps. Je me pris de passion pour *Les Petites Filles modèles* et flagellées, la *Semaine de Suzette*, les fascicules à deux sous de 14-18. Ma tante Jacqueline m'avait transmis la bibliothèque de son enfance. Je reçus d'elle mes premiers livres de chevet. Les *Contes* d'Andersen, dont *La Reine des neiges* – ses baisers glacés, les éclats du miroir diabolique fichés dans le cœur et l'œil d'un petit garçon –, me bouleversaient, puis, pour mon dixième anniversaire, *David Copperfield*. Son sort, orphelin et pensionnaire, réfléchissait le mien.

Dans *Fahrenheit 451*, au pays des livres interdits, Montag, le pompier autodafeur, enfreint le tabou de la lecture avec le roman de Dickens. Truffaut en avait été marqué. Une phrase du premier chapitre lui paraissait énigmatique : « J'étais un enfant posthume. Quand mes yeux s'ouvrirent à la lumière de ce monde, mon père avait déjà fermé les siens. »

Comme David, j'étais né pour un mort.

Ma mère avait enfanté à son corps défendant. Elle fulminait de se trouver piégée avec deux bouches à nourrir. Sa fibre maternelle était peu démonstrative. Nous étions sa croix. Mais qu'avait-elle fait au bon Dieu ? Au mieux, elle concédait en soupirant : « On les a, on les aime. » Ni épouse ni mère, elle renonça à être femme, se complut dans le veuvage. Les bas noirs lui allaient bien.

Mon enfance ne fut que cris et larmes, non les déchaînements opératiques des familles méridionales mais l'éploration lancinante, aux brusques élancements, d'une douleur inexpiable. Plus que la disparition du père, la survie de sa veuve serait notre épreuve. Elle affirmait ne plus rien attendre de l'existence, confiait à l'alcool et aux cigarettes le soin de hâter sa fin. À l'impossible infanticide, elle substituait un sournois matricide : « Je vais crever, vous serez débarrassés de moi et j'aurai enfin la paix ! La paix ! »

Le venin instillé ferait son effet. Vingt ans après, un cancer l'emporterait en d'atroces souffrances. Par anticipation, elle avait rédigé ses dernières volontés. Une enveloppe dans son tiroir à linge : « Ceci est mon testament. » Je n'eus pas l'audace de l'ouvrir de son vivant. Elle léguait meubles et bibelots à des proches, à mon frère. Je n'étais pas mentionné.

Elle n'avait jamais exercé d'autre activité que femme mariée. Le monde du travail lui était inconnu et sans doute l'effrayait. Pour subsister, elle voulut se contenter de sa pension et d'un loyer. Le soir, en pleurant, elle faisait ses comptes sur un carnet, journal intime et dérisoire de notre foyer éteint. « Je ne suis pas une vache à lait ! » Le superflu nous était refusé mais nous ne manquions de rien. Sinon d'un minimum de chaleur qui nous donnerait foi en la vie. Père et grands-pères sous la terre, oncles fuyants, les hommes manquaient à l'appel.

Deux veuves craintives, mère et fille, nous tenaient lieu de famille.

Maigriots, souffreteux, angoissés, plantes ingrates qui poussent tant bien que mal sans soleil, les petits garçons végétaient dans une atmosphère mortifère. Condamnés au deuil à perpétuité. Dans l'appartement au décor figé, tout rappelait le disparu. Son papier à en-tête nous servait de brouillon, sa robe d'avocat, ses habits et objets personnels avaient été pieusement conservés à notre intention. J'éprouverais un allègre soulagement le jour où ma mère serait forcée de constater : « Mais tu chausses plus grand que ton père ! » À la puberté, je récupérais son rasoir électrique. Il renfermait les vestiges pileux de son dernier matin.

Le passé empestait la naphtaline, le présent était lesté, l'avenir opaque.

Crammed / weighed down

Je franchis les grilles de l'internat en septembre 1969, âgé de dix ans, pour y demeurer sept années de plomb. Au premier jour de mon incarcération, j'attendis le départ de ma mère pour céder au chagrin. Ne pas lui faire ce plaisir.

M'identifiant au chef de famille failli, elle me vouait une rancune passionnelle. Insoumis, caractériel, je lui rendais la pareille et manifestais un vif penchant pour la cleptomanie. Une *Dinky Toys* chez un camarade, un soutien-gorge au Prisunic des Champs-Elysées – j'ignore à quoi ou à qui je destinais ce trophée, mais notre immeuble abritait un atelier de lingerie sur mesure et, dans la promiscuité de l'ascenseur, j'ai été toute mon enfance confronté à d'affolantes créatures mammaires. Ma mère me traîna au magasin, m'obligeant à restituer en public l'objet du défit. Elle brandit la menace de la maison de correction. En vain. Elle institua alors la correction à la maison. Le quincaillier vendait des martinets, pour mater les chiens, disait-il. Je subis la fustigation.

Ma Folcoche à bout de nerfs décida de m'exiler en pension. « Conformément à ce que voulait ton père », assurait-elle. Déléguant à d'autres une éducation qu'elle ne pouvait assumer, elle me déposait volontiers à la consigne. Colonies de vacances, catéchisme, louveteaux, pensionnat, partout les mêmes murailles fuligineuses, les mêmes cours obscures, brouet de feuilles mortes où nous pataugions et tournions sans fin, à coups de sifflet, appendice des représentants de l'ordre. C'était une jeunesse française.

Les vénérables bâtiments de ce collège catholique avaient vu défiler au long des siècles les grands noms de robe et d'épée. Jadis, les jeunes messieurs étaient nantis d'un précepteur et d'un valet de chambre particuliers. L'établissement accueillait à présent des pensionnaires socialement métissés. Les blondinets bien peignés de la plaine Monceau frayaient avec des fils de commerçants, d'agriculteurs, quelques rejetons de divorcés.

Quand d'autres devaient quitter l'école à quatorze ans, nous avions la chance, on nous le serinait, de recevoir une saine éducation au

43

grand air de la Seine-et-Marne. Mais l'enfermement nous isolait dans le temps suspendu d'un internat d'avant-guerre, l'atmosphère des *Disparus de Saint-Agil* – dont la projection ici nous paraîtrait pléonastique.

Dortoirs de quatre-vingts lits alignés, toilette à l'eau glacée, prêtres en soutane, crucifix à tous les étages. Les secousses telluriques de 68 n'avaient pas atteint ces lieux de pénitence. Nous marchions en rang, en uniforme, du réfectoire au dortoir, soupe et messe obligatoires. Au-dehors fleurissait la vogue hippie.

Le port des cheveux longs était interdit, celui des baskets réservé aux heures d'éducation physique. Nos lectures devaient être visées par le bien nommé censeur de division. Friandises et illustrés n'entraient qu'en fraude. Au coucher, on nous diffusait l'*Adagio* d'Albinoni, la *Toccata* de Bach, pas vraiment l'hymne à la joie. Des têtes brûlées profitaient de l'inattention du surveillant pour remplacer le disque sur le pick-up. *Sympathy for the Devil* résonnait sous les voûtes du dortoir où nous venions de réciter le *Pater Noster*. Ça finissait en punition collective, à genoux par terre, mains sur la tête, en attendant que le coupable se dénonce. Rolling Stones n'émoussent pas masse.

« La droite ou la gauche ? demande le pion du centre de redressement à Antoine Doinel avant de le gifler.

44

– La gauche, m'sieur. »

On nous infligeait ce genre d'humiliations, avec un raffinement supplémentaire :

« ... La droite, m'sieur.

– Non, la gauche. Avec ma bague, tu vas la sentir passer ! »

Un enfant croit l'ordre du monde immuable. Résignés, nous subissions notre sort comme on purge sa peine. Il nous arrivait de fronder, mesquinement. Nous nous vengions sur un professeur disgracieux, des insectes emprisonnés à l'étroit dans une boîte. Les bons pères nous enseignaient la droiture, nous cultivions la dissimulation.

Je n'ai aucune nostalgie de mes années de réclusion, mais j'admets qu'elles ont été formatrices. Elles m'auront inculqué l'ennui débilitant des enclos masculins, le rejet de l'autorité et du chef, la résistance contre la bêtise crasse et grégaire. Les bizutages, les concours de pets et toutes les activités sportives me répugnaient. Sous divers prétextes, je trouvais refuge à l'infirmerie. Materné par la vieille demoiselle en blouse blanche, le seul jupon à l'horizon, je dévorais la bibliothèque destinée aux malades, *Le Grand Meaulnes, Le Petit Chose* – « J'ai bien peur que tu sois un enfant toute ta vie... » Lorsque, réchauffé par mes soins au radiateur, le mercure du thermomètre demeurait figé à

42°, l'infirmière me renvoyait au pays des hommes.

Une rumeur circulait : le paria qui défiait alors toutes les polices nous aurait précédés ici. C'était vrai. Le jeune Jacques Mesrine encagé avait multiplié les évasions.

Derrière ces hauts murs, j'allais connaître la liberté.

Costume de bagnard, boulet à la cheville, le petit homme moustachu réussit à tromper la vigilance des gardiens, une crème glacée dégouline dans son pantalon puis dans le décolleté d'une dondon. Le premier film que j'ai vu, et revu des dizaines de fois, doit être *Charlot s'évade*. Ou bien *Vacances à Saint-Gervais*.

Mon père animait des séances amateurs que je relayai après sa mort. Un projecteur Bolex-Paillard 8 mm muet, l'écran de toile déroulé dans le salon, j'aimais ce cérémonial dont n'ont aucune idée mes filles, adeptes de la zappette. Je projetais en boucle nos films de famille, témoignages fossilisés d'un bonheur préhistorique.

Malgré la proximité des Champs-Élysées, j'allais rarement au cinéma : les Bourvil et Funès saisonniers, Buster Keaton au Studio Marigny sous la houlette de ma tante Jacqueline.

« ... trois, deux, un... zéro ! » Nous scandions

rituellement le décompte figurant en amorce de chaque bobine lors des projections qu'organisait l'école communale, prétexte à une débauche de bonbecs, sachets de Mistral, boîtes de Coco Boer, raflés à la boulangerie avec les anciens francs, pièces en fer-blanc frappées de la francisque. *Le Père tranquille, La Bataille de l'eau lourde,* on montrait dans le cadre scolaire les œuvres édifiantes de l'après-guerre. La France avait été unanimement résistante. L'heure n'était pas au devoir de mémoire mais à la nécessité de l'oubli. On nous laissait croire par ailleurs que les lendemains chanteraient. *Le Cerf-volant du bout du monde,* hymne à l'amitié des peuples, m'avait marqué.

On nous menait en troupeau à la salle Pleyel pour les inévitables *Connaissance du monde.* Les Mahuzier – famille proliférante, les nuits sont longues en pays Dogon –, viendraient au pensionnat projeter ces vignettes paternalistes d'un globe post-colonial, d'un empire français condamné par l'Histoire. Sournois prépubères, affolés par le moindre téton indigène, nous chahutions. Ce qui provoquait l'ire du conférencier et des interruptions fréquentes.

Le cinéma restait une récréation enfantine. Je savais qu'il existait des films réservés aux adultes, apparemment ennuyeux et ésotériques. J'en entendais parler à la maison. Un vif débat après la messe avait opposé les convives d'un déjeuner dominical : le monolithe de *2001, l'Odyssée de l'espace* était-il une représentation de Dieu ? Avec ses petites robes droites dont je remontais la glissière tandis qu'elle ramenait ses cheveux sur la nuque en soufflant une volute de cigarette, ma mère s'identifiait aux névrosées d'Antonioni. Le chroniqueur du moderne spleen faisait l'objet, lui qui deviendrait aphasique, d'assommantes discussions. Le mot « incommunicabilité » enrichit ma collection.

– qui ne se prononce pas

Les petits pensionnaires réintégraient leurs foyers une semaine sur deux. Durant les sombres dimanches que nous passions emmurés, la visite des familles était tolérée. J'appartenais à une clique délaissée. Ma mère invoquait une excuse plausible pour justifier sa défection. Ravagée de chagrin comme si elle venait de perdre un être cher, elle avait dû vendre « Joséphine », notre Peugeot 403, remisée rue François-Ier dans d'anciennes écuries.

Un billet de sortie dûment signé autorisait les laissés-pour-compte à errer une heure « en ville ». Sous un ciel bas piqueté de corbeaux, les charmes de la morne plaine betteravière étaient limités. Après un tour au « bois de la capote » – les motifs de ce surnom m'échappaient –, les col-

La glissière = zip
fermeture à glissière = fermeture éclair

49

légiens en maraude échouaient chez la Mère Jean. Obèse hors d'âge, elle tenait la buvette-tabacs-journaux, antre obscur exhalant le moisi et le pipi de chat où nous dérobions *Ciné-Revue*, catalogue de filles à poil. Je n'y étais pas insensible mais j'en profitais pour lire, sous la plume fleurie de J.V. Cottom, le merveilleux destin des vedettes. Toujours le même conte : un inconnu aux origines modestes que sa rencontre avec un producteur ou un cinéaste propulsait sous les sunlights. Il était donc possible de changer de vie.

Dans toute collectivité, chacun est étiqueté. Je serais le comique de service. Victime d'un certain ostracisme, je tâchais de me faire admettre par le rire. Fernand Raynaud était mon modèle. Sketches, imitations, je chroniquais nos petits faits d'internat lors des veillées et fêtes de patronage.

Téléfon, Cornichons, avec le répertoire de Nino Ferrèr, j'avais déjà éprouvé l'ivresse d'un public, en colonie de vacances sur la mer du Nord. J'ai aimé ce plat pays qui n'est pas le mien, mais il s'en était fallu de peu. Cet été-là, succédant à Tintin, l'homme posait le pied sur la lune, cependant qu'un camarade susceptible m'apposait le poing sur la figure. L'occasion d'expédier une lettre à ma mère : « Je m'amuse bien. Écris-moi pour me dire si j'ai encore mes dents de lait. »

L'internat disposait d'une véritable scène de théâtre. Sur ces planches, l'illustre Philippe Noiret avait fait ses premiers pas. Nous faisions les nôtres en donnant *Topaze*, *Le Petit Prince*, le *Christophe Colomb* de Claudel. J'étais voué aux emplois de bouffon. Le soir après l'étude, j'attendais avec impatience de retrouver les coulisses et les répétitions. Éveillé par le service de la messe, sa théâtralité – je cabotinais en déclamant les Évangiles –, mon goût pour l'univers du spectacle, exutoire à la réclusion, s'affermit. Une circonstance imprévue le cristalliserait sur le cinéma.

En 1972, une équipe fut autorisée à tourner un film en nos murs : *Une saison dans la vie d'Emmanuel*, manière de chronique rimbaldienne. Soulagés d'échapper au cours de latin, nous faisions de la figuration.

Quand mes yeux s'ouvrirent à la lumière de ce monde, la Bolex-Paillard de mon père avait capté mes premiers babils : « Jérôme, regarde la caméra, allez, regarde la caméra. » J'étais à peine plus âgé au jardin des Champs-Elysées, quand une production hollywoodienne m'avait recruté au bac à sable. Cette fois, un homme vociférant m'enjoignait de ne surtout pas regarder la caméra. Ma prestation aux côtés de Peter O'Toole et Audrey Hepburn, garçonnet avec ballon, serait coupée.

Ici, au pensionnat, le metteur en scène multipliait les prises de vues. J'aurais voulu que ça dure toujours. Le désordre du tournage illuminait nos heures monotones.

Sur la place de mon village, un cirque était passé.

Impatients d'apercevoir nos bouilles à l'écran, nous attendions la sortie du film. Dans cette perspective, chaque jeudi, je me procurais *Pariscope* chez la Mère Jean. Je n'avais guère l'usage, enfermé ici, d'un guide des spectacles, mais, peu à peu, épluchant les programmes, comme un affamé dévorerait le menu sans pénétrer dans le restaurant, je mémorisais les génériques et me mis à noircir des cahiers, répertoriant des films chimériques.

En référence à l'émission télévisée de Pierre Tchernia, on finit par me surnommer « Monsieur Cinéma ». Titre abusif pour un cinéphile de papier, mais légitimé lorsque je reçus, postée à Londres, sous une enveloppe de l'hôtel Savoy, une photo dédicacée de *L'Ange bleu*.

Connaissant son adresse, j'avais écrit à Marlene Dietrich, sans l'avoir jamais vue interpréter un rôle. Sinon quelques instants. Créature lascive de saloon, elle déchiquetait une cuisse de volaille en se léchant les doigts. Image furtive aperçue sur le poste de télévision, un soir que je couchais chez ma grand-mère. Mon premier émoi érotique associait chair et viande. L'ange-cordon bleu, il est vrai, virtuose du bœuf à la ficelle, se fournissait chez notre boucher. Marlene voisinait avec Mamie. Leurs appartements étaient séparés par le mur du salon. Mon divan d'innocent s'y pelotonnait.

> *Ils sont blottis, pas un ne bouge*
> *Au souffle du soupirail rouge*
> *Chaud comme un sein.*

Au four du boulanger, sans oser approcher, les petits *Effarés* transis voudraient se réchauffer. Ma cinémania, du même ordre, fantasmatique, durerait deux ou trois ans, période de latence.

Le cinéma était une marotte que je partageais alors avec mon petit frère. Éblouis par les façades rutilantes des salles, les photos punaisées, nous arpentions les Champs-Elysées, de Sinfonia – était-ce déjà le Lido-Musique ? – au Pub Renault, livrés à nous-mêmes, sans céder à la délinquance car nous étions bien élevés. Les films nouveaux à l'affiche exerçaient sur nous un pouvoir de fascination. Bien que nous n'en voyions aucun, il s'agissait d'en détenir un talisman. Nous explorions drugstores et galeries marchandes en quête de posters, bandes originales, gadgets, que nous n'avions pas les moyens d'acheter.

Heures stériles passées à recenser des reliques, notre cinéphilie primaire tenait de la philatélie. Plus qu'un passe-temps, une échappatoire. Le lieu en avait induit l'objet. Une vocation d'alpiniste naît rarement chez un enfant du Morbihan et nos Champs-Élysées étaient le creuset du cinéma. De retour à la maison, nous nous inspirions des affiches et des photos admirées pour improviser des films que nous interprétions en duo, déguisés, grimés, un disque en fond sonore. Cinéma de chambre sans caméra.

J'aurais aimé faire ce métier avec mon frère. Une tradition depuis les Lumière jusqu'aux Dardenne et aux Coen, en passant par les Warner ou Marx Brothers. Bernard a préféré animer une galerie de tableaux contemporains. Il prétend que je n'y entends rien et en contrepartie s'abstient de commenter les scénarios qu'il m'arrive d'écrire.

Une saison dans la vie d'Emmanuel demeurait invisible – modeste production art et essai, le film ne trouvait pas de distributeur. Guettant sa sortie, j'étais resté fidèle à *Pariscope*. L'organe créant ici la fonction, j'allais davantage au cinéma lors de mes congés parisiens.

*des manières de vacher = de
rustre
panabela/panatella = Havana cigar*

Un instinct de survie, aussi. Pour fuir une
ambiance familiale neurasthénique, je me réfu-
giais dans les salles. Ma mère redoutait de m'y
laisser aller seul. Des pervers, affirmait-elle,
« tripotaient » les jeunes garçons.

Mes choix étaient frustes, commandés par les
vedettes : Delon et ses imperméables, Belmondo et ses panatelas, Trintignant et ses courses de lièvre. Modèles virils mais solitaires, en
marge de la loi. Au sortir de la séance, j'avais,
selon le mot de Camus dans *L'Étranger*, « des
gestes plus décidés que d'habitude ».

J'attendais du cinéma une « intensification
de la vie », comme aurait dit Truffaut, mais
sans excès. Je cherchais avant tout à m'identifier. J'aimais que le héros eût une vulnérabilité,
un secret. Pour cette raison, je négligeais films
de guerre, kung-fu et westerns spaghetti alors
en vogue. Les duels d'homme à homme, la raison du plus fort et du plus gros calibre, me
semblaient grotesques. Ça n'a pas changé. John
Ford est certainement un maître, ses garçons-
vachers m'ennuient.

Cinéma et catholicisme, religions révélées,
entretiennent des relations équivoques. Cela
dès la naissance du cinématographe. L'église
où je reçus le baptême avait été édifiée sur les
lieux mêmes de l'incendie du Bazar de la Cha-

un vacher = cowherd 55
une vachère = cowgirl

rité, causé par un incident de projection – le 4 mai 1897, cent vingt-trois dames d'œuvre périrent par le feu.

En pension, à la veille de faire ma communion solennelle, je décrétai avoir perdu la foi. Je fus confié aux bons soins d'un aumônier. Le directeur de conscience sermonnait la brebis égarée dans sa chambre. Au même étage, vivotaient des prêtres au rebut qui nous terrifiaient, on entrevoyait des mains décharnées et branlantes saisissant le bol de soupe déposé à leur porte. Mon aumônier avait officié auparavant à la centrale de Clairvaux, dans l'Aube. L'aube d'un communiant récalcitrant mobilisait à présent ses efforts. Je mettais en doute l'Immaculée Conception. Quoique peu averti des mystères de l'organisme, il me semblait impossible qu'une vierge pût enfanter. J'exigeais une preuve irréfutable. Le prêtre ne savait que me répondre. Nier ce dogme fondateur, c'était nier le « fruit de ses entrailles ». De Jésus-Marie-Joseph, je faisais une affaire de famille qui renvoyait obscurément à ma propre histoire.

L'aumônier chargé de guérir ma crise de foi avait confessé l'un des derniers condamnés à la guillotine. La peine de mort n'existant pas dans les écoles religieuses, on renvoya ma communion.

Faute d'éprouver des élans mystiques, je me

sentais appelé par l'écran. Mais je n'étais guère pratiquant. Un jour, mon professeur de français et latin me dit, en évidence : « Vous allez à la Cinémathèque. » Pour ne pas décevoir M. Gramond, je prétendis que oui. La Cinémathèque de Chaillot, dont les programmes figuraient dans *Pariscope*, m'évoquait, décidément, un établissement religieux : l'église Saint-Pierre de Chaillot était ma paroisse.

Le samedi suivant, je me rendais chez Henri Langlois pour y voir, au hasard, un film de Jean Renoir, *Le Crime de M. Lange*. En séminariste connaissant son missel par cœur mais assistant pour la première fois à l'office, je fus touché par la grâce. C'était donc cela, le cinéma.

Cette séance allait promouvoir une rêverie en passion. Réciter les génériques tenait d'un bachotage pour jeux et concours. Fallait-il encore évaluer le niveau d'ambition des films, la prééminence du metteur en scène, l'historicité d'un art, ses fondations archéologiques. Les dictionnaires de Georges Sadoul et des revues spécialisées, *Écran*, *Cinématographe*, y contribuèrent, couplés à la fréquentation raisonnée des salles. Mon éveil coïncida avec une effervescence rarement retrouvée. Les géants encore en activité – Fellini, Bergman, Hitchcock, Bresson, Buñuel – voisinaient avec de jeunes pousses. En Amérique, débutaient les Spielberg, Scorsese, Coppola, Lucas, Woody Allen. En Europe, on vit l'apogée des Italiens, le surgissement d'une école suisse et de francs-tireurs allemands.

J'allais au cinéma, il ne venait pas à moi. Dépourvu de télévision à domicile, je n'avais accès aux films que sur grand écran, soumis à des programmations aléatoires. La beauté était invisible. L'attente faisait partie du plaisir. Une séance manquée et tout était dépeuplé. Comparable à celle du Graal, la quête d'un incunable se voyait parfois récompensée par une projection au diable Vauvert, studio Berthelot, métro Croix-de-Chavaux. La cinéphilie classique, telle que l'avaient pratiquée les jeunes gens de la Nouvelle Vague, jetait ses derniers feux.

De cinémane, je devins cinéphile, mais frustré, contrarié. La réclusion m'interdisait l'accès régulier aux salles et à la Cinémathèque. Si tu ne vas pas au cinéma, le cinéma ira à toi. La pension institua un ciné-club qu'animerait mon confesseur, l'ex-aumônier de prison. Nos chicanes porteraient désormais sur l'Évangile selon saint Dreyer.

Dans son bulletin semi-paroissial, le projectionniste en soutane écrivait : « Notre souci éducatif à l'égard des garçons qui nous sont confiés ne pouvait nous laisser indifférents au grave problème que pose à la conscience chrétienne le cinéma. Comme le voulait Pie XII dans son encyclique *Miranda prorsus* : "Le film n'est pas une simple marchandise, mais plutôt une nourriture intellectuelle et une école de formation spirituelle et morale." »

De François Truffaut, sa filmographie, je n'avais encore qu'une connaissance livresque. Un cinéaste parmi d'autres. Mais il n'aurait pas désavoué notre programmation. *Citizen Kane, La Règle du jeu, Le Carrosse d'or, Johnny Guitare*, je découvrais avec ferveur quelques-uns de ses films de chevet. Le destin, ou plutôt, restons dans la note, la providence, œuvrait à notre rencontre.

Smoking, No smoking, une variante infime suffit à bouleverser le cours d'une existence. Ces moments décisifs apparaissent rétroactivement. Parfois, la conscience en est immédiate. On pressent que ça se passe *hic et nunc.*

C'était ma conviction en mai 1973, à la sortie d'une salle élyséenne. J'avais quatorze ans. Je venais de voir *La Nuit américaine.* Première appréhension dénaturée, je reçus ce chant d'adieu au cinéma comme un chant d'amour. Plus élégiaque qu'angélique, le film célèbre les rites d'une foi désertifiée, une menace de mort plane sur ce bonheur collectif. Je n'en retins que la vision exaltante.

Faire du cinéma, c'était être heureux, ensemble. L'appel du grand large, ici d'un plateau de tournage, me donnait une raison de vivre. Ma vocation prenait un tour irrévocable.

La réalité était plus tortueuse qu'une belle

histoire pour *Ciné-Revue*. Un lien secret me rattachait à ce film en particulier.

Flash-back : mars 1970, j'ai onze ans, ma mère insiste pour m'emmener voir *L'Enfant sauvage*. Je lui dois au moins cela. Un voile se déchire. Le film est vivant. Il me parle. Je m'identifie au petit ensauvagé, garçon de mon âge, brun et gaucher, aux origines incertaines. En quête d'identité et de reconnaissance, je rêve d'un docteur Itard qui m'éduquerait moi aussi, m'enseignerait le langage, la morale, tout l'univers. Je ne suis plus seul. J'ai trouvé un consolateur. Cinéaste, acteur, docteur, peu importe, je ne fais pas la différence. Quelqu'un, cet homme-là, me montre le chemin de la vie.

La vision de *La Nuit américaine* ravivait une émotion enfouie. Un souvenir écran. En Ferrand le metteur en scène, je reconnaissais, interprétés l'un et l'autre par Truffaut, le docteur Itard qui m'était apparu dans cette même salle trois ans plus tôt.

... Ce curieux sourire qui m'avait tant plu, sa voix si fatale, son beau visage pâle m'émurent plus que jamais...

Les enfants humiliés avaient une place auprès de ce François Truffaut.

Je voulus tout savoir de lui. Je profitais de mes congés pour découvrir ses films, dans le désordre, au gré des reprises. La connaissance passait aussi par les textes, livres ou interviews. Il me nourrissait. J'avais des années de privations à rattraper.

« Je vois la vie comme très dure, je crois qu'il faut avoir une morale très simple, très fruste et très forte. Il faut dire "oui oui" et ne faire que ce qu'on a envie de faire. C'est pour cela qu'il ne peut y avoir de violence directe dans mes films. Ce qui remplace la violence, c'est la fuite. Non pas la fuite devant l'essentiel, mais la fuite pour obtenir l'essentiel. »

Il nommait ce que je ressentais. Il était celui que j'attendais, celui que j'espérais. L'évidence d'une rencontre amoureuse, imaginaire, à distance, mais irrépressible, comme en sont dévorés nombre de ses personnages.

Les affinités électives n'étaient pas suffisantes. Je ressentis le besoin impérieux d'établir un contact plus direct. Il serait vain d'analyser pourquoi, l'attraction entre deux êtres implique une part irréductible de mystère. L'annuaire révéla que nous étions voisins. J'y vis un heureux présage et lui écrivis depuis le pensionnat.

Aux Films du Carrosse, si les piaillements des écoliers tapissent toujours le fond sonore, règne désormais une atmosphère chuchotante de musée. Quelqu'un manque.

J'ai dû me rendre ici pour exhumer ma correspondance. Je n'en avais pas conservé de copie et souvent oublié le contenu. L'épouse de Truffaut, Madeleine Morgenstern, m'a permis d'accéder aux archives. Les secrets que recèlent ces cartons, elle s'interdit de les forcer. Au fil des rencontres et des visites, affleurent des liens insoupçonnés. La femme de l'ombre a dû assumer la gestion de la société, l'héritage moral. Pas un jour sans qu'on la sollicite à propos de « François ». Nous bavardons dans son bureau. Le soir tombe. Inutile d'allumer, la flamme du souvenir suffit à éclairer la pièce. À mes questions, elle répond sans détour. En l'écoutant, flûtée et lucide, je songe à un échange entre Antoine et Christine Doinel :

« Tu es ma sœur, tu es ma fille, tu es ma mère...

– J'aurais bien voulu aussi être ta femme. »

Archivées parmi des milliers d'autres, mes lettres y figurent toutes. La première, antérieure de sept mois à ma visite vespérale, est datée du 16 mars 1974. Je crois devoir la reproduire intégralement :

Cher monsieur. J'ai pris la liberté de taper cette lettre à la machine afin de vous épargner mon écriture. Je vais tenter tout d'abord de vous définir ma position vis-à-vis du cinéma : j'ai quinze ans et j'aime le cinéma.

Il y a deux ans un réalisateur était venu tourner son film, *Une saison dans la vie d'Emmanuel*, dans la pension où je suis. Je fus choisi comme figurant. Pendant que la caméra effectuait un travelling devant nous, j'ai pris conscience de ce qu'était le cinéma. Depuis, ma passion pour le septième art est allée grandissant. Et c'est en voyant *La Nuit américaine* que j'ai décidé d'en faire mon métier.

Françoise Lebrun disait : « La meilleure école de cinéma, c'est la cinémathèque », et c'est à ce propos que, je l'espère, vous allez pouvoir me fournir un renseignement : que fut exactement l'affaire Langlois dont vous vous êtes occupé ? Ma deuxième question concerne *La Nuit américaine*. Vous faites à plusieurs reprises un rêve, où l'on voit un petit garçon voler des photos, de *Citizen Kane* je crois. Ce rêve est très obscur pour le spectateur. Pourriez-vous me l'expliquer ?

J'espère un jour rencontrer François Truffaut et parler cinéma avec lui. Le dialogue étant pratiquement nul entre le cinéaste et le public.

Veuillez, monsieur, recevoir l'expression de mes sentiments les plus respectueux.

Cette lettre d'un inconnu, Truffaut en recevait tant, demeura sans réponse. Ma déception fut à la mesure des efforts que j'avais déployés pour dégoter une machine à écrire. J'étais déterminé à provoquer notre rencontre.

Rien n'aurait pu infléchir un désir irraisonné mais vital.

Père escamoté, mère défaillante, scolarité carcérale, obéir et se taire, la révolte de l'asservi fut de sonner à une porte. À un visiteur moins juvénile, elle serait peut-être demeurée close. Quand j'ai découvert *Les Quatre Cents Coups*, l'adolescent sur l'écran était mon alter ego. Aujourd'hui, je pourrais être son père, et j'atteindrai bientôt l'âge du cinéaste qui me reçut en ce soir d'octobre 1974.

Tout était contenu dans notre première rencontre. La place exclusive qu'il m'intimait d'assigner au cinéma, celle de scénariste qu'il me désignait pour en faire mon métier.

Entre l'ex-délinquant des Martyrs et l'enfant sage des Champs-Élysées, un pacte tacite s'était scellé. Truffaut avait sans doute perçu en ce garçon farouche un écho de sa propre jeunesse. Une solitude, une détresse affective, compensées par une boulimie de livres et de films. Pour l'avoir éprouvé, il avait deviné que mon désir de « faire du cinéma » signifiait simplement « faire partie ». D'une famille. La famille du cinéma.

De retour en pension, ainsi qu'il m'y avait invité, je lui adressai aussitôt une lettre, le 15 octobre 1974. Je m'efforçais de justifier ma visite, de lui donner une perspective :

> [...] J'ai tenté de traverser l'écran qui ne permet aucun contact entre le créateur artistique et le public. L'art devrait être un dialogue et non un monologue de l'artiste, dans une certaine mesure bien sûr. Et puis aussi, j'avais tellement accumulé d'idées sur des films ou des acteurs qu'il fallait que je les discute avec quelqu'un. Si je m'étends un peu trop sur ce qui m'a amené chez vous vendredi dernier, veuillez m'en excuser mais il n'est pas facile d'avoir une explication spontanée. [...] Notre entretien a été très important pour moi et a confirmé mon idée que vous étiez l'interlocuteur idéal et passionnant. Mais vous avez du travail et je ne veux pas abuser de votre temps. Simplement, si vous le pouvez, j'aimerais que vous me parliez de Rivette, Chabrol, Doniol-Valcroze, Godard et de vous, d'abord aux *Cahiers*, et puis comment vous avez pris la décision de faire des films [...]

En guise de réponse, il m'adresserait quelques livres dédicacés, des mots brefs, une carte postale :

Amical souvenir de François Truffaut, en tournage à Guernesey d'un film sur Adèle Hugo.

Personne ne m'écrivait au collège. Dorénavant, j'avais un correspondant, l'espoir d'être appelé à l'heure du courrier. Ces envois suscitaient les moqueries de mes condisciples. On soupçonnait une amitié particulière. Je laissais médire, tout à mon bonheur.

Une lettre de lui irradiait la journée d'une allégresse toute neuve. Ses enveloppes étaient identifiables au premier coup d'œil. Le plus souvent il utilisait du papier pelure, une machine à gros caractères ou un simple feutre bleu.

Son écriture manuscrite ressemblait à son cinéma, limpide mais très personnelle. En examinant l'ample calligraphie, semblable à celle de Cocteau, je remarque qu'il signait toujours d'un « françois » sans majuscule. Il semblait par ailleurs méconnaître l'accent circonflexe. Coïncidence, l'usage en avait été proscrit par l'éditeur Robert Estienne, fondateur de l'orthographe traditionnelle en 1539 avec son *Dictionaire françoislatin*.

François Truffaut entretenait des relations épistolaires avec un nombre impressionnant de correspondants. Plus que tout autre, il attirait à

papier pelure = papier très fin et légèrement translucide

lui de jeunes cinéfils et cinéfilles en manque de pédagogue, des mal-aimés réconfortés par ses films. À ces sollicitations, déclarations, confessions, il s'efforçait de répondre, non par devoir ou courtoisie mais pour clarifier sa pensée, ordonner des convictions, formuler des préceptes. Un rite quotidien dont il ne pouvait se passer.

Il édifiait ainsi une correspondance unique de nos jours. Pressentant qu'elle serait éditée, il conservait un double de ses envois. À la fin, sans espoir de guérison, il ferait déposer chez un notaire les lettres trop privées. Toutes n'avaient pas un caractère intime. Une part du courrier archivé laisse apparaître une amabilité d'ordre professionnel sinon commercial. Prenant le pas sur le cinéaste cinéphile, le producteur avisé veillait à faire tourner la boutique.

J'étais la cinquième roue du Carrosse. Je ne pouvais lui être d'aucune utilité. Il me témoignait une attention indéfectible.

À treize ans, Flaubert se fait déjà un sang d'encre :

> [...] il y aurait longtemps qu'une balle m'aurait délivré de cette plaisanterie bouffonne qu'on appelle la vie [...]

À vingt-cinq ans, il confie à Louise Colet :

> Qu'est-ce donc qui m'a fait si vieux au sortir du berceau, et si dégoûté du bonheur avant même d'y avoir bu ? Tout ce qu'est la vie me répugne, tout ce qui m'entraîne et m'y replonge m'épouvante. Je ne voudrais jamais être né ou mourir. J'ai en moi, au fond de moi, un embêtement radical, intime, âcre et incessant qui m'empêche de rien goûter et qui me remplit l'âme à la faire crever.

Parmi nos factures et prospectus journaliers, la lettre fait aujourd'hui figure d'événement et, à l'heure du téléphone, n'a plus la même nécessité que jadis. Pour Flaubert, ce fut le prolongement de son activité de romancier, un besoin physiologique et, finalement, son grand œuvre : fleuve en crue, inventaire du monde dont il serait à la fois l'épicentre et les confins.

L'épistolier Truffaut ne prétendait pas à une telle ambition. Mais sa correspondance, dont on ne connaît une édition que très partielle, rappelle à bien des égards celle de Flaubert : initiée précocement et couvrant toute une vie, à la fois projet littéraire, journal intime et bréviaire, soumettant les destinataires, amis ou inconnus, à un feu nourri de conseils, exhortations, encouragements, blâmes.

Une sévérité de maître d'école, animée par une haute exigence morale. Il s'agit d'interpeller l'autre autant que soi-même. Qu'as-tu fait de ton talent ?

« Je veux vous écrire aujourd'hui des choses que je n'ai jamais osé vous dire, parce que vous êtes imprévisible et que parfois vos réactions me font peur. »

Ce mot est envoyé au veuf thanatophile de *La Chambre verte* par celle dont il refuse l'inclination. Elle a l'inconvénient d'être en vie.

Truffaut était lui aussi « imprévisible ». Un violent sous contrôle. Quoique ses correspondants eussent préféré une saine engueulade les yeux dans les yeux à des mots distillés sur le papier, le médium de la lettre lui permettait de canaliser ses impulsions. Il réservait le téléphonage aux urgences. Le numéro du Carrosse était-il encore Alma 12 73, le nôtre Balzac 42 17 ?

« Un appel de François Truffaut », m'annonça ma mère interdite. La vocation naissante de son fils lui inspirait une commisération narquoise. Musique, littérature, cinéma, son goût était sûr, mais elle jugeait l'activité artistique hors de portée. À vingt ans, elle avait ambitionné de devenir décoratrice de théâtre. Ses parents s'y opposèrent. Le ressentiment était encore à vif. Elle me plaignait de caresser à mon tour cette chimère : « Pauvre crétin, tu vo-

thanato-
élément du grec 'thanatos'
= mort

gues en plein rêve ! » – elle aurait les mêmes
mots en apprenant de qui j'étais épris, cette
fille lui semblait trop bien pour moi.

Notre unique téléphone, en Bakélite blanche, était installé dans le couloir. Tout en assurant se ficher de mes communications, ma mère avait la manie de rôder, aux aguets. Spécialement cette fois : le célèbre cinéaste n'avait pu appeler son fils que par erreur. Mes mimiques l'invitant à s'éclipser restaient sans effet. Je tirai sur le fil du combiné et m'enfermai au « petit coin » – il y a des mots, chandail, paupiette, paletot, des mots banals à pleurer qu'on n'entend plus.

Truffaut voulait seulement reculer un rendez-vous prévu le lendemain. Ce fut l'un de nos rares échanges téléphoniques. La lettre restait le lieu privilégié pour entretenir la flamme. Je veux relire au présent les feuillets manuscrits qui témoignent de notre histoire. Par quelque aberration administrative, il arrive que les morts continuent à recevoir du courrier. Il est équitable que les vivants reçoivent des nouvelles de leurs morts.

« François Truffaut 1932-1984. » Au cimetière Montmartre, il repose en bonne compagnie : Heine et la « Dame aux camélias », les
Guitry et les Sanson, bourreaux, eux aussi de
père en fils. De temps à autre, une jeune fille
se recueille sur la tombe du cinéaste, une sobre
dalle. Plus haut, figure la dernière demeure
tapageuse d'une chanteuse. Sa statue d'albâtre
grandeur nature croule sous les fleurs et les témoignages d'admirateurs inconsolables.

J'éprouve de l'affection pour les fidèles de
Dalida. J'ai connu les mêmes battements de
cœur. Les mêmes ridicules aussi. J'étais groupie
de François Truffaut. Le fan d'à côté. Cette
proximité me caractérisait. D'emblée, il se plut
à me surnommer « le petit voisin du Carrosse ».

Comme certains pratiquent les ablutions
dans le Gange ou la prière en direction de
La Mecque, j'avais chaque jour une pensée

tapageur/se = qui se fait remarquer par l'outrance

pour lui. La nuit, dans la lumière bleutée du dortoir, au-dessus de mon lit spartiate, veillait son portrait en icône. J'étais atteint de collectionnite aiguë, livres, photos, affiches. Mon argent de poche, cinq puis dix francs hebdomadaires, n'y suffisait pas. Je collectais les coupures de presse, le moindre entrefilet. Ma grand-mère me réservait les articles parus dans *France-Soir* et je fauchais *Télérama* à la salle des professeurs. J'avais constitué un classeur par thèmes. L'une des chemises, intitulée en toute simplicité « Truffaut et moi », renfermait ses lettres et la transcription des propos tenus lors de nos rencontres. Il avait lui-même conservé ce tour d'esprit, continuait d'alimenter des dossiers consacrés aux cinéastes ou écrivains qu'il admirait.

Aux Films du Carrosse, famille symbolique réunie autour de lui, sa jeune et rougissante secrétaire figurait la petite sœur. Complice, Josiane Couëdel me tenait informé des multiples activités de Truffaut. Un rythme régulier de tournage, des voyages de promotion, des séjours à Hollywood, l'amitié de Jean Renoir et d'Alfred Hitchcock, une foison de livres et d'interviews – telle était, je le croyais, la norme d'un cinéaste français.

Grâce à Josiane, je ne manquais aucune de ses interventions, même à distance depuis la pension. Un autocar cacochyme nous rapatriait le dimanche soir. Lorsque sortait un film de Truffaut, j'implorais le chauffeur de brancher la radio sur *Le Masque et la plume*. Les passes d'armes entre Bory et Charensol déclenchaient les protestations de mes camarades, impatients de connaître les exploits des Verts. S'il était reçu à *Radioscopie*, je me débrouillais pour emprunter un magnétophone et enregistrer l'émission en catimini pendant un cours. Je réécoutais sans fin la voix de mon maître.

Réfractaire à l'uniforme du collège, en vente à La Belle Jardinière – le calot nous faisait honte, on ne s'en coiffait que sous la contrainte –, et fréquemment consigné pour ce motif, j'adoptai la parure de mon idole, cravate, chemise bleue. Je voulus le blouson en cuir de Ferrand dans *La Nuit américaine*. Ma mère ne jugeant pas utile de remplacer mon ignoble parka en mouton synthétique griffée Prisunic, je dus me contenter à Noël d'une copie en Skaï. Ainsi costumé, je singeais devant la glace les poses d'un cinéaste au travail.

Je n'étais pas le seul à lui vouer un culte d'ordinaire réservé à une pop star. Aux États-Unis, on éditait à son effigie posters, calendriers, tee-shirts. Il m'informa, rieur : « Dans l'Alabama, un foyer de femmes battues a demandé ma photo dédicacée pour la mettre au mur... »

Cacochyme = d'une santé
(s) déficiente/d'une
constitution débile

L'idolâtrie naît d'une détresse. Il s'agit de pallier une incomplétude. On se cherche, on se trouve. Un idéal. La relation durable entretenue avec Truffaut me permit de dépasser le stade du miroir et de forger ma propre identité. Il veillerait à décourager la fusion pour favoriser la scission.

Le peu que je sais, que je suis, je le dois au cinéma. L'écran fut une fenêtre ouverte sur le monde.

Comme nombre de jeunes cinéphiles, je n'ai réellement découvert la littérature, la vie, l'amour, la mort et la cuisine que par l'intercession des films. Orson Welles m'a enseigné Shakespeare, Alain Resnais la théorie de la relativité, Jean Renoir la recette des pommes de terre en salade, Alfred Hitchcock les terreurs nocturnes, Maurice Pialat que c'est la peine de rien, Ingmar Bergman la topographie de la Suède – connaissez-vous la Dalécarlie ? – et la psyché féminine.

S'instruire en s'amusant : mon activité de scénariste reconduit le principe. À chaque film, un nouveau monde. Pour la seule année écoulée, différents projets de films m'auront permis d'explorer l'accompagnement des mourants,

Napoléon à Sainte-Hélène, les rites des Égyptiens anciens.

J'ai fait des études mais elles n'ont rien fait de moi. J'étais un élève ordinaire sinon médiocre, « insuffisant » ma notation tenace, peu réceptif à la plupart des matières et incapable d'assimiler les notions à caractère obligatoire. Six années de latin et je ne savais pas décliner *rosa*. Aujourd'hui encore, c'est sans espoir et mes filles s'en amusent, je ne maîtrise pas les tables de multiplication. Un petit talent d'illusionniste improvisateur me permettait, au bénéfice du doute, de passer dans la classe supérieure.

Avant de rencontrer Truffaut, j'étais un bloc de glaise informe. J'ai répondu à son injonction : « Lève-toi et marche ! » Il m'a façonné, structuré, appris à parler, lire, peut-être à écrire.

Lettres, livres, scénarios, nous aurions des relations textuelles. Le cinéma restait pour lui indissociable de l'écriture. La même pulsion. Le verbe se fait chair : « Ce papier est ta peau, cette encre est mon sang, j'appuie fort pour qu'il entre », proclame l'égérie de *Jules et Jim*.

Nos rencontres étaient trop espacées pour qu'il pût diriger mes lectures. Mais je mettais un point d'honneur à visiter son panthéon. Il me savait sur le qui-vive. Au détour d'une inter-view, il lui suffisait de mentionner un nom, un titre – *Le Journal du voleur*, Tanizaki, *Odile* – pour éveiller ma curiosité. Le docteur Itard choisit de prénommer le petit sauvage Victor, ayant observé que celui-ci était réceptif au phonème « o ». Truffaut m'a fait connaître Larbaud, Léautaud, Queneau, Cocteau, Clot, Hugo (Jean), Bernanos, Devos, Audiber*o*.

Michaux, non. Mon maître se disait allergi-que à la poésie, revendiquait, avec mauvaise foi, des lacunes outrancières. Le disciple, un peu coupable, serait tenté d'élargir le champ du sa-voir. Du colonialisme, on accède tôt ou tard à l'indépendance.

Le passeur passionné se plaisait à nous pro-curer le livre épuisé ou ignoré. De Léautaud, j'avais lu les *Lettres à ma mère*, à défaut du *Petit ami* alors introuvable. Truffaut m'en signala un exemplaire disponible dans une librairie de Montmartre.

Il m'envoyait les ouvrages qu'il publiait ou faisait publier en rafale, les scénarios de ses films, les recueils de ses textes critiques et ceux d'André Bazin, les romans de Jean Renoir. En retour, je lui offris, dénichés chez un bouqui-niste, d'anciens numéros de *L'Écran français*, année 1948. Il les feuilleta devant moi, allant droit à la rubrique du courrier des lecteurs où un certain François Truffaut, seize ans, 33, rue de Navarin, Paris IXᵉ, abreuvait la rédaction de questionnaires filmographiques.

J'aimais raviver, y étant immergé moi-même, le temps de son adolescence cinéphile. Je lui avais confectionné une cassette sonore regroupant des extraits de films piratés au cours de projections : *Le Corbeau, Le Roman d'un tricheur, Les Dames du bois de Boulogne, Paradis perdu, La Règle du jeu*. Cinémathèque idéale et complice dont il se montra reconnaissant. Puis, montage d'enregistrements radiophoniques, une autre cassette conçue autour de l'Occupation, averti par sa secrétaire qu'il préparait un film sur le sujet. Il m'écrivit le 22 novembre 1979 :

> Je ne vous ai pas remercié assez chaleureusement pour la cassette sur l'Occupation. Ce petit cadeau m'a enchanté et stimulé car je l'écoutais dans ma voiture au mois d'août en même temps que naissait dans ma tête la trame du *Dernier métro*. J'espère que tout va bien pour vous. Bien amicalement vôtre, françois.

Pendant dix ans, j'ai suivi son enseignement par correspondance(s). Il m'a appris à me défier des grilles universitaires, des préjugés envers les genres dits mineurs, de l'inculture promue au rang d'idéologie majoritaire. Il m'a enseigné la fidélité aux enchanteurs, de Cocteau à Charles

Trenet. Ne pas se laisser intimider par les sommations de la mode. Son influence m'éloignait des préférences *made in USA* de ma génération. Le domaine français répondait à mon désir d'enracinement. J'étais le fruit d'une transhumance cosmopolite. Du hasard qui m'avait fait naître ici, je faisais une nécessité.

J'évoque Truffaut comme un maître, mais au sens le plus fécond. Rien de castrateur, nulle allégeance plus ou moins humiliante. À moi seul d'écrire le roman d'apprentissage. Il relirait et au besoin corrigerait.

En 1977, je lui avais adressé les premiers feuillets d'un récit autobiographique, quelque peu prématuré. Il me répondit :

> Je vous retourne vos extraits de roman sans trop de commentaires, car vous êtes en cours de rédaction et je crois qu'il est nécessaire que vous suiviez votre pente. Il va sans dire que je vous approuve de vous lancer dans cette grande entreprise. [...] À votre disposition pour lire la version complète.

Vingt années ont passé. « La version complète », il ne la lira pas. Mais je l'écris pour lui.

« Sa plus belle œuvre est l'emploi de son temps », notait Henri-Pierre Roché, l'auteur de *Jules et Jim*, à propos de son ami Marcel Duchamp.

En écho, Truffaut assurait : « Finalement, ce qui me rend heureux dans le cinéma, c'est qu'il me donne le meilleur emploi du temps possible. »

Il en était si soucieux qu'il le planifiait plusieurs mois et même années à l'avance, répugnant à le gaspiller. Non qu'il eût, ne lui faisons pas l'injure du poncif, le pressentiment d'une brève échéance. Il se savait mortel, pas plus qu'un autre, pas moins non plus.

Sur un tournage, pour qualifier le métrage de pellicule exploitable au montage, on parle de « minutes utiles ». C'était la nature de son obsession. Que pas un instant ne fût stérile. Si savoir vivre, c'est savoir perdre son temps, il en était incapable. Il ne vivait que pour le cinéma et « les films sont plus harmonieux que la vie, dit le cinéaste de *La Nuit américaine*, il n'y a pas d'embouteillages, pas de temps morts, les films avancent comme des trains dans la nuit ».

À son quotidien, il entendait assigner la même intensité. Il évitait les rendez-vous, mondanités et soirées en tout genre, à l'exception du genre féminin : « Je préfère mon travail à ma conversation. Si quelqu'un a envie de dîner avec moi, j'aime autant qu'il voie l'un de mes films. » Il observait la même discipline à l'égard des cinéastes et comédiens qu'il appréciait.

Tout en protégeant sa haute solitude, il restait attentif à ceux qu'il avait admis. Nous formions un réseau proliférant mais parfaitement cloisonné. Agents d'une filière d'espionnage, patients individués du psychanalyste, les uns ignoraient l'existence des autres. Chacun avait sa place, sa fonction. Sur une année, quelques lettres et autant de tête-à-tête suffisaient à nous procurer l'illusion d'une relation exclusive.

Les rencontres à son bureau étaient la récompense. Je les attendais noué par le trac. Il les programmait avec une précision horlogère :

Je quitte Paris le 9, je serai de retour le 26. Si vous le pouvez, téléphonez-moi au Carrosse le 28 dans la matinée, pour que nous puissions bavarder un moment la semaine suivante, probablement le mardi vers six heures.

Il n'était pas toujours aisé de respecter ses instructions. *A fortiori* durant mes années de pension. Nulle cabine téléphonique dans l'enceinte de l'établissement. Pour joindre Les Films du Carrosse à l'heure dite, je devais quémander une double autorisation, quitter la classe et obtenir la disposition du seul poste accessible, celui du censeur.

Le caractère événementiel de nos rendez-vous aiguisait leur intensité, imposait d'aller droit à l'essentiel. Je les préparais comme des interviews, rédigeant mes questions.

À propos de *L'Amour en fuite* : « Vous venez de tourner le cinquième et, dites-vous, dernier épisode des "Aventures d'Antoine Doinel". Auparavant, avec *La Chambre verte*, vous aviez déclaré vouloir en finir avec votre série de films montrant l'amour comme une messe. Compte tenu de cette volonté de traiter une bonne fois pour toutes certains thèmes, n'avez-vous pas le sentiment d'être à un tournant de votre travail ? »

Une méthode absurde, puisque nos entretiens n'étaient pas enregistrés et ne paraîtraient nulle part. Mais il se pliait à l'exercice comme il l'aurait fait avec un journaliste professionnel. Il traitait l'interlocuteur en égal, au même étage, quels que soient son âge, sa condition, sa culture. Une attitude généreuse qu'il tenait du critique et théoricien André Bazin, son père en cinéma, disparu prématurément.

Je l'interrogeais tous azimuts :

« Pourquoi dites-vous que Bazin ressemble à Bernanos ?

– Bazin était, disons, un catholique de gauche, mais si vous les lisez, vous verrez qu'il y a entre eux des thèmes communs, la même sincérité. »

Je voulais tout savoir, tout comprendre :

« L'émotion que je ressens en voyant vos films est très liée à la musique, Delerue compose toujours une partition très lyrique, mais retenue, comme Ravel qui...

– Je ne sais pas, il faudrait interroger Georges, le lyrique, c'est lui. Moi je vois la musique pour relancer l'action, quand je me dis : là, les spectateurs vont s'agiter sur leur fauteuil. Mais je ne demande jamais une musique sentimentale, encore moins comique, toujours policière. »

Certaines questions ne méritaient qu'une boutade :

« La *chambre* oui, mais pourquoi *verte* ?

– Les autres couleurs étaient prises. »

Qu'on n'imagine pas, pas seulement, un anachorète hanté par les fantômes et la nuit. J'ai connu un homme malicieux, allergique à l'esprit de sérieux, amateur de calembours et blagues potaches. L'une de ses préférées était empruntée au *Sâr Rabindranath Duval*, le sketch de Pierre Dac et Francis Blanche. Évoquant une comédienne, Truffaut s'exclamait : « Elle est vareuse, elle est vareuse ! » Comme on le regardait hébété, il rectifiait, faussement confus : « Pardon... elle est unique ! »

Cinéphile de la dernière pluie, j'abordais les maîtres en fin de partie, Hitchcock avec *Complot de famille*, Welles *Vérités et mensonges*. Les œuvres crépusculaires sont les plus libres, pas toujours les plus accessibles. *Le Fantôme de la liberté* m'avait déconcerté. Truffaut me recommanda le Buñuel qu'il aimait, *La Vie criminelle d'Archibald de la Cruz*, *Tristana*.

Ces films et quelques autres – *Le Roman d'un tricheur, La Règle du jeu, Fenêtre sur cour, La Splendeur des Amberson* – constituaient un *corpus* implicite, fondamental, que l'apprenti devait posséder. Sans une fréquentation assidue de la Cinémathèque, aucune discussion ne serait envisageable. L'ancien polémiste des *Cahiers du cinéma* restait fidèle à ses goûts comme à ses dégoûts – toujours insensible à la production britannique, il était vain de lui vanter Michael Powell ou David Lean.

Nos échanges ne se limitaient pas au cinéma des pères. Il s'était fait une règle de voir tous les premiers films et m'encourageait à découvrir de nouveaux venus, Jacques Doillon, Werner Herzog, Claude Miller, Jean-Jacques Annaud. Des divergences apparaissaient, départs de feu aussitôt circonscrits. Mon enthousiasme pour tel cinéaste américain le laissait sceptique. Il m'invitait à négliger la copie au profit de l'original, Hitchcock.

À la mort de celui-ci, il me confia : « Les gens avaient peur de lui et ne parlaient pas. Je crois que dans les années à venir un Hitchcock secret va surgit... » Il refusa d'en dire plus. Ça me rappelait la réplique de Guitry au début de son *Napoléon* : « Ouf ! il est mort. On va pouvoir enfin parler de lui. »

Truffaut était resté un cinéphile passionné et un critique d'une rare acuité. Formé à l'école oratoire des ciné-clubs, il savait éclairer le travail de ses pairs en évitant la phraséologie universitaire.

À mesure que je progressais, nos entretiens prenaient un tour plus sophistiqué. Il me démontrait comment *Notorious* d'Hitchcock puise sa source dans *Trouble in Paradise* de Lubitsch, ici et là, un trio amoureux pris dans une situation inextricable. En élève zélé, je le relançais :

« En Suisse, ils ont des coucous, et à Venise, ils ont *Sole Mio* ?

– Oui oui, voilà ! Hitchcock et Lubitsch ont la même discipline, issue du cinéma muet. Un cinéaste paresseux mettrait un carton avec "Venise". Lubitsch fait toujours mieux que les autres : pour situer d'emblée le décor de son film, il se demande comment on ramasse les ordures à Venise... C'est le plaisir du jeu avec le spectateur. Comment se faire comprendre mais toujours intriguer, surprendre. Remplir la tapisserie, lutter contre le vide, l'ennui... »

S'il aimait à faire partager ses admirations, la glose de ses propres films lui inspirait une certaine prudence. Il rechignait à trop les expliciter. Autant qu'il désamorçait mes éloges, il éludait mes remarques : « Peut-être... Je ne sais pas... Je n'y avais pas pensé... »

J'avais provoqué son hilarité en décrétant, du haut de mes quinze ans, que *Jules et Jim* posait le problème du ménage à trois sans parvenir à le résoudre.

Comme je persistais à admirer *La Sirène du Mississippi*, il me rétorqua, impassible : « Isabelle Adjani et vous, ça fait deux, vous devriez fonder un club. » Dans une lettre, le 23 août 1982, je réitérais ma ferveur pour cette *Sirène* qu'il mésestimait : « La mauvaise réputation de ce film est systématiquement entretenue par un certain

François Truffaut. Méfiez-vous de lui, il se trompe ! » De guerre lasse, il m'expédia un emballage des cigarettes, à l'effigie de Catherine Deneuve, que fabrique Belmondo dans le film.

À l'opposé de ces démiurges pénétrés de leur prétendu génie, il évitait les mots « œuvre » ou « artiste ». L'auteur monomane se masquait en modeste artisan. Le cinéma ? Un travail, son métier. La parole était claire, volontiers didactique. En public comme en privé, il déployait avec brio tout un appareillage axiomatique : « Je suis très attaché aux personnages solitaires. L'ami du héros doit être le spectateur. Si le confident se trouve déjà sur l'écran, le spectateur se sent de trop. »

Il avait forgé à son usage un codex de recettes et de lois imparables. Un film, il fallait que ça « fonctionne ». Il donnait pourtant le meilleur et le plus intime de lui-même lorsqu'il osait le dysfonctionnement : *Les Deux Anglaises, La Chambre verte*. Ce système érigé en protection trahissait la profonde angoisse d'un homme qui faisait du cinéma pour communiquer, être compris, accepté.

Il semblait pratiquer loyalement le jeu de l'interview, mais, en dialecticien hors pair, ne laissait aucune prise à un postulat qu'il n'eût pas lui-même prédéterminé. Comme pour déjouer toute tentative analytique, il prenait soin de baliser le film à destination des critiques et du public. Faisant complaisamment visiter sa chambre verte, il occultait son cabinet noir.

« Un trousseau de fausses clés », ainsi avait-il qualifié les films d'Hitchcock. La remarque valait pour lui-même. Il se refusait à être le cinéaste qui en savait trop. Craignant moins d'être démasqué que d'assécher le flux de ses obsessions. « On ne peut être à la fois ébéniste et spirite, fabriquer les tables et les faire tourner. » Cocteau, comme toujours, avait eu les mots pour le dire.

À propos des ouvrages, déjà nombreux, qui lui étaient consacrés, Truffaut me répondit, circonspect : « Je trouve qu'il y a parfois trop de théories modernes, comme la sémiologie. Par exemple, si je donne à un personnage le nom de *Bliss*, c'est parce que ça "glisse". Eh bien, non ! Si on voulait s'y référer, on verrait que c'était déjà dans l'œuvre adaptée. »

Trop sérieux, s'abstenir. Je me suis risqué une fois à faire tourner les tables en publiant un texte critique. Il m'apparaissait que *La Femme d'à côté* pourrait être une mère, cherchant à récupérer le petit garçon qui avait osé lui échapper pour vivre une sexualité autonome. Le décryptage en disait sans doute plus long sur mon compte. Truffaut m'indiqua l'avoir lu mais ne me fit aucun commentaire.

Bien qu'il affichât un apparent détachement, il était sensible à la moindre remarque sur son travail. En sortant de la projection, je ne manquais jamais de lui adresser un signe de reconnaissance. Je n'aurais pas osé émettre des critiques, mais, par défaut, à d'infimes nuances, il détectait mes éventuelles réserves.

« À vous qui faites partie des fidèles de *La Chambre verte*, j'ai peur que *L'Amour en fuite* n'ait semblé un peu léger. » Il me croyait davantage attiré par ses films liturgiques, peut-être en raison de mon séjour chez les curés. Je me récriais, je n'avais pas l'impression de privilégier un Truffaut plutôt qu'un autre. Je souscrivais encore à des leurres publicitaires. Pudeur, tendresse, « les femmes sont magiques », regard d'enfance. Une mièvrerie dont lui-même se démarquait, vengeur : « Les enfants sont d'extrême droite ! »

La veine classique mais singulière qu'il incarnait semble avoir disparu avec lui. À l'unisson de l'époque, le cinéma français oscille entre âpreté et dérision. Les jeunes cinéastes occupent le champ postmoderniste ou celui du naturalisme social, se réclament de Godard, Pialat, les pères fouettards.

Truffaut n'a pas fait école, tandis que saint François est unanimement célébré depuis sa mort. Même les chapelles qui l'excommuniaient se joignent à la procession. À ces pleureuses frappées d'amnésie, je rappelle qu'il en allait autrement dans les années soixante-dix. On respectait l'ex-critique, conscience morale, mais ses films étaient reçus avec condescendance, notamment par les deux revues qui faisaient autorité. Soupçonné d'avoir trahi, de reproduire un académisme qu'il s'était ingénié à déboulonner, on le disait « récupéré », « embourgeoisé ».

L'homme à la cravate s'abstenait de démentir. Madeleine Morgenstern m'en suggère l'explication : « Il avait une théorie, qui m'exaspérait et a contribué à le brouiller avec un certain nombre de gens : "Un malentendu est fait pour n'être pas dissipé." »

Les cinéastes, même, et surtout les moins ambitieux, squattaient le campus doctrinaire. On en voulait à Truffaut de demeurer hors jeu. Il se méfiait des mots d'ordre mais était resté un inconsolable révolté. À la contestation organisée, il préférait la désobéissance incontrôlée et serait en 1968 solidaire du chahut national.

En Iran, le 19 août 1978, l'incendie d'un cinéma, le Rex d'Abadan, fit plusieurs centaines de victimes. Souvent indifférent aux soubresauts de la planète, cela, Truffaut l'avait pointé. Je l'entendis formuler des soupçons sur le sinistre, sa défiance envers les barbus. L'enfance et le cinéma étaient les seules causes susceptibles de le mobiliser vraiment. En politique, comme en d'autres domaines, il fut résolument athée. Les ombres et les fausses teintes de l'Occupation l'avaient prémuni d'une vision en noir et blanc.

Au prix d'un effort, Truffaut le contrebandier finit par manifester une certaine conscience civique. Il laissa Godard le carabinier expérimenter les embardées idéologiques.

Je n'avais pas élu fortuitement un cinéaste qui au « tout est politique » de ces années-là ripostait « tout est affectif ». Il ne s'était pas trompé, je dois l'admettre, à présent qu'il est mort, je privilégiais sa part d'ombre, deuil et mélancolie.

Faussement réconciliateur, jamais sentimental, romantique si on veut, mais avec des larmes, du sang, des vomissements, le cinéma de Truffaut exalte les amours souffrantes. Jusqu'à la mort de l'autre, perçue comme un absolu, une plénitude. Le veuf de *La Chambre verte* à un éploré : « Ne pensez pas que vous l'avez perdue, pensez que maintenant vous ne pouvez plus la perdre. »

Des horaires de bureau, des films et des livres, il menait une existence vouée au travail.

« Je n'ai pas été trop passionné », avait-il prétendu au soir de notre première rencontre.

La plupart des cinéastes, petits-bourgeois conformistes, croient ressembler à des artistes. Lui s'acharnait à camoufler sa profonde bizarrerie sous une lisse normalité.

De l'exclusion, comme on dirait aujourd'hui, il avait souffert longtemps et n'aspirait au contraire qu'à « faire partie ». Adolescent, il s'introduisait en clandestin dans les salles de cinéma. Les sorties de secours, il les utilisait à contresens pour intégrer un groupe constitué. Sans se faire repérer. À chaque rentrée des classes, son père adoptif lui recommandait : « Cette année, tâche de ne pas te faire repérer. » La formule reflète l'image que Truffaut eut toujours de lui-même. Un resquilleur, comme Charlot : ruser pour survivre.

Mais plus il semblait se rapprocher du centre, plus il virait à la marge. On le croyait ouvert, communicatif, il était asocial, inadapté – les enfants autistes le touchaient tout particulièrement.

Je revois sa silhouette dans la rue. Costume, cravate, écharpe, une pile de livres sous le bras. Un petit bonhomme gris et inquiétant de roman russe. Copie conforme là encore d'un croquis qu'il avait fait d'Hitchcock : « Il est évident qu'il a organisé toute sa vie en sorte que l'idée ne vienne à personne de lui donner une grande claque dans le dos. »

Tout en plaçant le rapport à l'autre sur le terrain le plus intime, il avait la familiarité en détestation. Il attendit quatre ans pour m'inviter à l'appeler « François » plutôt que « monsieur ». Nous avions franchi une étape. Plus romanesque que le tutoiement en usage dans notre métier, le voussoiement resterait de rigueur.

La mise à distance constituait un préalable. Un *no trespassing* – tel le panneau apposé à l'entrée du Xanadu de Charles Foster Kane – qu'il était impératif de respecter. L'impromptu de notre première rencontre ne devait pas faire jurisprudence. À la veille d'un rendez-vous dûment fixé, si je l'apercevais au loin rue Marbeuf, je préférais changer de trottoir. J'appréhendais en l'abordant de tomber sur un bec.

Le dangereux maniaque, c'était peut-être moi. Mais sa *Correspondance* témoigne assez du risque encouru : colères froides, condamnations sans appel, si, de son point de vue, le pacte de non-agression avait été rompu.

Excessivement sensible à la politesse et aux bonnes manières, il appréciait les miennes. D'où sa mansuétude quand il m'arrivait d'être importun.

Le petit voisin causa des troubles de voisinage.

Un dimanche d'avril 1977, aux Buttes-Chaumont, à l'issue d'une émission télévisée consacrée à *L'homme qui aimait les femmes*, je l'attendais. Dans quel but ? Refoulé par les cerbères, je n'avais pas eu accès au plateau et patientais dans le hall avec la fébrilité d'un chasseur d'autographes. Il descendait allègrement l'escalier, entouré de ses actrices. Stupéfait, il me vit : « Jérôme ? »

Notre entrevue fut des plus brèves. Et la leçon porta. En atteste ma lettre du 7 septembre 1977 :

> [...] Je n'oublie pas que vous avez déclaré un jour : « Je pense confusément, pas si confusément que ça, je pense à la période qui arrivera où je ne serai plus libre de mes mouvements, où je pleurerai sur le temps perdu. » Ce n'est pas l'envie qui me

manque de vous rendre visite plus souvent, mais à cause de cela, je me modère.

Dès lors, s'il m'arrivait de le croiser à la Cinémathèque, abrité derrière *Le Monde*, je le saluais de loin, ménageant son isolement. À la sortie, bien que nous rentrions à pied dans la même direction, filature involontaire et coupable, je le laissais me distancer.

Il venait de revoir *Le Corbeau* pour la trentième fois. Il en connaissait chaque plan, chaque réplique. Il espérait que seraient bientôt disponibles en France ces films en cassettes dont on lui avait fait la démonstration au Japon. Ce soir, il se hâtait pour ne pas manquer le début d'*Apostrophes* à la télévision. Ensuite, il souperait, seul. Sa fidèle gouvernante lui aurait préparé l'invariable menu. Ces derniers temps, il avait repris des habitudes de vieux garçon. S'il ne parvenait pas à trouver le sommeil, il en profiterait pour corriger le portrait de Chaplin que lui avait demandé une université américaine, et lirait quelques pages de la *Correspondance* de Proust. Il était encore dans le hall de l'immeuble quand il vit passer le petit voisin à l'extérieur. Il se reprocha de l'avoir évité à la fin de la séance. Mais non, décidément, au-delà d'une certaine heure, il ne supportait plus la compagnie des hommes.

Un « Jérôme ! » plus chaleureux m'accueillit en octobre 1980, à New York.

Claude Lelouch m'avait permis de consacrer un livre au tournage de sa nouvelle saga. Angoissé à la perspective de dépasser la porte de Saint-Cloud, je quitte Paris exceptionnellement. Il m'avait bien fallu suivre l'équipe des *Uns et les autres* en Amérique. De puissants sédatifs m'aidèrent à supporter la transportation. Sur Central Park, je passai une journée cloîtré dans une chambre d'hôtel avec une actrice débutante. Abruti par les hypnotiques, je ne garde aucun souvenir de cette Sharon Stone et j'imagine que c'est réciproque.

Connaissant mes habitudes casanières, François fut soufflé de me voir débouler à la première américaine de *The Last Metro*. Mais, très curieux que je lui décrive le tournage du *Ragtime* de Milos Forman dont j'avais visité le plateau, soulagé aussi de pouvoir parler à quelqu'un en français, il s'était isolé avec un visage familier de la rue Marbeuf.

De fait, notre voisinage favorisait les rencontres et me dispensait souvent d'audiences protocolaires.

Outre la boulangerie, point de ralliement où nous prenions un verre, perchés sur les tabourets du bar, les librairies du quartier étaient des lieux stratégiques. À la librairie Marbeuf, aujourd'hui disparue, un recueil des poèmes de Maurice Fombeure m'avait été offert pour mes huit ans. Un peu plus tard, je voulus lire *La Société du spectacle*, édité par Gérard Lebovici. La libraire me jugea trop fragile pour aborder le brûlot situationniste, mais nous nous liâmes. Par elle, incidemment, j'étais informé des ouvrages que commandait « monsieur Truffaut ». Et je pouvais constater un champ de curiosité plus large qu'il le laissait accroire, notamment dans le domaine psychanalytique. C'était indiscret de surveiller ses lectures. Comme si j'avais lu en douce son courrier. Le fanatisme est sans scrupule.

Plus haut, du côté de chez Éric Rohmer, étique randonneur arpentant toujours la colline de Chaillot, une autre librairie recelait des trésors. Je n'avais pas les moyens d'acquérir le *Journal littéraire* de Léautaud en dix-neuf volumes. Il m'arrivait d'y rencontrer, examinant les titres à l'étal, l'homme qui aimait les livres. « De préférence non massicotés », me dit-il – je dus consulter un dictionnaire pour élucider la formule.

Il passait ici tous les jours, faisant à pied le trajet de son bureau à son domicile. Je soupçonnais qu'il habitait dans les parages mais n'osais le questionner. Lorsque, en date du

12 mai 1977, je reçus une carte postale du Grauman's Chinese Theater, Hollywood Bd, postée à Paris :

> Mon cher Jérôme, dimanche matin, je vous ai vu, de ma fenêtre, tourner dans le jardin de Galliera. Vous sembliez heureux, comme toujours devrait l'être un metteur en scène au travail. J'en étais content pour vous et j'ai voulu vous souhaiter bonne chance avant de repartir pour Los Angeles, tourner une dernière fois pour Steven Spielberg. Merci pour votre petit mot à propos de *L'H.Q.A.L.F.*
>
> Amitié. françois T.

Je réalisais sur ses conseils des courts métrages en amateur. Je ne me doutais pas, heureusement, qu'il m'observait depuis son appartement de l'avenue Pierre-Ier-de-Serbie, ouvrant sur la tour Eiffel dont il collectionnait les reproductions. À l'issue du tournage, je restituais la caméra à une fille qui me l'avait procurée. Cette disciple de Jean Rouch n'était pas farouche. Notre baiser, je ne l'avais pas volé. François était-il encore là-haut à l'observer, avec une paire de jumelles, en voyeur hitchcockien ? Fenêtre sur jardin.

Ce dimanche-là, il transgressait la règle de notre jeu. Ce n'était plus le petit voisin épiant son maître mais l'inverse.

Il m'avait révélé son lieu de résidence et j'en étais stupéfait. D'habitude, il compartimentait en caissons étanches. Il y avait le côté privé et le côté Carrosse. J'appartenais à celui-ci, strictement. Selon un protocole dont il avait cadré les limites, nous avions des conversations de cinéphiles. Les femmes, on n'en parlait pas. Mon désert affectif, il est vrai, n'appelait guère de confidences.

Quand j'étais petit, élevé par des puritaines, je ne côtoyais que des garçons. Rue Robert-Estienne, un mur aveugle nous séparait de la cour des filles. Un autre monde. Je les entrevoyais à la messe, rougissantes, les yeux baissés. C'était tout. Ni voisine ou cousine délurée pour m'affranchir. Un milieu familial confiné puis la pension me tiendraient à distance des petites Françaises hardies. La nudité à l'écran incendiait mes nuits mauves. Donnant d'Onan.

J'étais un adolescent d'autrefois.

La dernière année d'internat avait été mixte, non au dortoir mais en classe. Nous accueillions les pensionnaires bleu marine d'un couvent proche. La chasteté échauffait garçons et filles, un patin mettait le feu aux poudres. Je tombais amoureux de l'une, de l'autre, cantonné au rôle de l'éternel confident. En dehors de frôlements moites que permettaient les slows, le « continent noir » m'était une *terra incognita*. Pour séduire, je croyais que suffiraient mes lettres enflammées et mes regards de braise.

« Mademoiselle, je sais que tout le monde trahit tout le monde. Mais entre nous, ce sera différent. Nous serons un exemple. Nous ne nous quitterons jamais. Je comprends que tout cela est trop soudain pour que vous disiez oui tout de suite et que vous désirez d'abord rompre les liens provisoires qui vous attachent à des personnes provisoires. Moi, je suis définitif »

Ainsi parlait l'obsédé sentimental de *Baisers volés*.

Je n'avais pas un tel aplomb. Sur la plage de Biarritz, en bob, sandales et chaussettes, je rôdais autour d'une naïade enlacée à un surfeur surfait. L'impossible objet de mon désir remarquait à peine la gesticulation agitée d'un gringalet complexé. Certaines publications proposaient un appareil de musculation qui ferait de nous d'irrésistibles tombeurs. L'engin faillit m'éborgner.

Après le bac, redevenu parisien, j'étais décidé à perdre mon pucelage comme on expédie une formalité. Les mois passaient, aucune des étudiantes de Nanterre, vierges en loden des beaux quartiers, ne m'attirait, et réciproquement. Je n'étais pas leur bon genre. Les hommes-enfants de Truffaut pratiquaient les amours tarifées. Sans réaliser que l'usage relevait d'une autre époque, j'y vis la solution à mon problème.

Un soir d'hiver, je viens d'avoir dix-huit ans, j'écume les alentours de l'Étoile en quête d'une initiatrice. Rue de Tilsit, j'avise une jeune brune, jupe moulante et bas résille. Elle réclame ma carte d'identité pour s'assurer que je suis majeur, m'annonce son prix, que je ne discute pas, évidemment. Elle se méfie encore. Contrairement à sa clientèle habituelle, je suis piéton. Ni une ni deux, je hèle un taxi. Où aller ? Elle suggère, pas loin, un établissement miteux, façon hôtel de gare, qui accepte les couples sans bagages. Un pacha dans sa cage de verre me remet contre paiement une clé et une serviette éponge. Je n'aurai pas droit à la rituelle montée d'escalier, la chambre est située au rez-de-chaussée : papier à fleurs, couvre-lit rose, bidet. Avant de partir – je sais où ma mère planque ses bouteilles –, j'ai absorbé une bonne dose de whisky. Décidément, c'est le jour des premières fois. L'alcool agissant, je ne suis pas inquiet mais impatient. J'attends que la fille m'indique la marche à suivre. Elle me réclame son dû, le glisse dans son sac à main,

103

m'incite à me déshabiller. L'impression de passer une visite médicale. Elle m'imite puis se ravise, m'annonce qu'elle doit téléphoner. Elle sort précipitamment en emportant son sac. En slip, je flippe. Pas longtemps. Par la fenêtre, je vois ma petite amoureuse détaler en courant dans la rue. Le fiasco me ferait renoncer aux professionnelles. Une dilettante subirait avec indulgence mes brusqueries de débutant.

Nous ne parlions pas des femmes mais des comédiennes. François avait l'œil. Il m'approuvait, pas toujours, d'avoir repéré telle ou telle.

Comme je rapprochais Jeanne Moreau de Delphine Seyrig, il me reprit sèchement : « Non ! Vous ne devez jamais comparer une actrice à une autre. C'est humiliant pour elle. Il vaut mieux la comparer à un homme. Je dirais que Bernadette Lafont ressemble à Michel Simon, Isabelle Adjani à Charles Laughton... enfin, entre les prises. Elle boude un peu et puis elle dit brusquement "On y va !" Et elle vous donne tout. »

La télévision, qu'il regardait assidûment, me reprochant de ne pas en faire autant, lui révélait de nouvelles muses, Isabelle Adjani, Fanny Ardant. De celle-ci, nous parlerions à demi-mot. Elle tenait un petit rôle dans la fresque de Lelouch. François me sonda, sans en avoir l'air.

Je lui répondis de même. Je ne voulais rien savoir de sa vie sentimentale – plus exactement, il ne m'en disait rien. L'écho assourdi que renvoyaient ses films suffisait. Par un conservatisme prude, je préférais me tenir à la version officielle de son état civil : marié à Madeleine Morgenstern, père de Laura et Eva.

Un soir, dans un restaurant du quartier, je le surpris en intime compagnie. Je jugeai plus prudent de l'ignorer. En dehors des heures ouvrables, la présence du petit voisin n'était pas souhaitée. *No trespassing*.

Cette nuit, j'ai fait un drôle de rêve.

À New York, apparemment, je me trouve dans un hall de palace. Je reconnais, au sortir de cet hôtel des Amériques, Catherine Deneuve, lunettes noires, casque blond, mais affligée d'une canne. La jambe raide, elle boite. Je la suis au-dehors, une avenue déserte, écrasée de soleil. C'est elle qui m'aborde, me prie de l'aider à traverser, en raison de son infirmité. Gros plan de son mocassin à boucle dorée sur le bitume chauffé à blanc. Je l'escorte, je la chaperonne. Notre promenade clopin-clopant, bras dessus, bras dessous, vire au flirt charmant.

Au réveil, un détail m'intrigue. Les mocassins. Il me semble avoir connu quelqu'un qui portait les mêmes.

La vie de bureau, la hantise de l'emploi du temps, Truffaut était dans une prison volontaire. Ses malices masquaient de sombres vertiges. Adèle Hugo, obsessionnelle, aberrante, en quête d'un impossible absolu, c'était lui. Il payait, et éventuellement faisait payer à d'autres, le péché originel qu'avait commis sa mère : l'enfant conçu hors mariage, né « de père inconnu » comme le fantasmait Adèle H.

Il en voulait à sa mère de ne s'être pas occupée de lui. Au moins, il n'eut pas en charge une femme vacillante qui peut à tout moment troubler l'ordre par des chutes, des imprécations. Une mère qui n'inspire à ses fils que la honte au fer rouge, quoi de plus lourd à porter ? Certains soirs, la soutenant chacun par un bras, nous devions avec mon petit frère la ramener jusqu'à la maison.

Nous avons aussi vécu de bons moments avec elle. Sûrement. J'ai dû les oublier. De sa dipsomanie, je ne fis jamais la moindre allusion à François. J'aurais été forcé de lui avouer que Mme Doinel m'apparaissait comme un idéal maternel. J'imagine sa stupéfaction. Dans ses phases de lucidité, aux premières heures de l'après-midi, ma mère évoquait plutôt celle de Claude Roc – *Les Deux Anglaises*. Une femme minérale, quoiqu'elle ne mît jamais d'eau dans son scotch. Mais elle n'était pas dénuée de sensibilité, sinon de sensiblerie. Les chars russes à Prague, *La Marseillaise*, le massacre des bébés phoques la mettaient en larmes. Sous l'empire de la boisson, elle pleurait son grand amour perdu, un Polonais –

déporté dans les mines de sel, voulait-elle croire, éprouvée par les pavés de Soljenitsyne qu'elle se faisait offrir à la Noël.

En cherchant bien, j'ai été tendre avec elle. Au moins une fois. Je l'avais implorée de ne pas se sacrifier pour nous et de se remarier. Elle m'opposa un refus glacé. Pourtant, dans le genre brune incendiaire, elle plaisait. On disait qu'elle ressemblait à l'actrice Maria Félix. Elle avait été une égérie sportive et noceuse, championne des pistes de ski comme de danse. Des photos en noir et blanc la montrent, entourée de bambocheurs, chez Suzy Solidor, à la Villa d'Este. L'épouse, je suppose, s'assagit. L'endeuillée serait très courtisée.

Au cours des années soixante-dix, Truffaut déjeunait le dimanche avec ses filles dans un drugstore du quartier. Notre trio fréquentait le même établissement. Les tables de la veuve et du divorcé ont voisiné. Ma mère m'affirma lui avoir parlé. De quoi ? Elle ne s'en souvenait plus. J'imagine : « Je peux vous emprunter le moulin à poivre ? » La vie n'est pas une romance avec Deborah Kerr et Cary Grant.

Je sais maintenant qui portait les mocassins céliniens – je fais allusion au bottier Céline, quoique l'écrivain, comme Catherine Deneuve, ait pris pour pseudonyme le nom de sa mère. Les rêves jouent moins sur les images que sur les mots. La femme qui boite, c'est la femme qui boit.

Je tâche de démêler l'entrelacs d'associations qui mène de l'une à l'autre.

« Les jambes des femmes sont des compas qui arpentent le globe terrestre en tous sens, lui donnant son équilibre et son harmonie. »

L'aphorisme de *L'homme qui aimait les femmes* est aussitôt démenti par une évocation cinglante de sa mère : « Tout dans son comportement avec moi, petit garçon, semblait dire : j'aurais mieux fait de me casser la jambe le jour où j'ai enfanté ce petit abruti ! »

Ma mère aussi me traitait par-dessous la jambe. Elle disait que je lui cassais les pieds. Elle eut un plâtre et des béquilles suite à une chute, mais je n'étais pas là quand ça s'est passé – « Lacan, ça, sait » me souffle timidement Boby Lapointe.

Catherine Deneuve, unijambiste, s'appuie sur une canne dans *Tristana*. Triste Anna. Ma mère haïssait son prénom. Plutôt qu'Anita, elle eût préféré Anne.

Sous l'incarnation d'une femme désirable – à la fois le Sphinx et l'énigme –, maman m'est apparue. Non plus coupable mais victime. Elle réclame mon soutien. Je l'aide à traverser. Nous sommes enfin réconciliés. En rêve.

J'ai été plaqué par une fille, militante du groupe « Le torchon brûle », qui avait haï *L'homme qui aimait les femmes,* alors que nous avions échangé notre premier baiser pendant une projection des *Deux Anglaises.* Les films de Truffaut ont accompagné et déterminé des moments de ma vie. Sur mon autel, *L'Argent de poche* n'occupe pas une place prééminente mais j'y suis attaché comme à un souvenir de vacances. Le film de mon été 1975.

Quelques mois après notre première rencontre, je demandai à François la faveur d'assister à son prochain tournage. Je le sentis réticent. Je lui promis d'être plus discret que l'épouse du régisseur dans *La Nuit américaine* – la tricoteuse qui proférait tout à trac : « Qu'est-ce que c'est que ce cinéma ? Ce métier où tout le monde couche avec tout le monde, où tout le monde se tutoie, où tout le monde ment ? Mais votre cinéma, votre cinéma, moi je trouve ça ir-respirable. Je méprise le cinéma ! »

Il rit et me concéda : « Si vous voulez, oui oui. Vous savez, sur *Adèle*, votre présence aurait été impossible, c'était un tournage clos, fermé. Mais ici, vous serez un enfant parmi les autres... »

Dérogeant à sa règle de conduite, il m'avait répondu « oui oui », sans trop de conviction, sans me l'interdire non plus. L'ambiance du film, il le devinait, serait celle d'une colonie de vacances. Je retrouve une note de sa main m'indiquant le lieu du tournage : « Thiers, Puy-de-Dôme, à côté de Vichy, Clermont-Ferrand, téléphoner Carrosse 19 ou 20 juin. » Rédigeant, il m'avait interrogé, incertain : « Thiers... il y a un personnage de l'histoire de France qui s'appelle comme ça, non ? » L'autodidacte avait donc fait l'impasse sur la Commune, que nous venions d'étudier en classe. J'en fus ému et feignis d'ignorer la réponse.

Ma mère jugeait mon projet déraisonnable. Elle n'était pas couveuse et m'accordait une totale autonomie. Mais il ne s'agissait pas ici d'une escapade avec des amis de pension. Elle pressentait que ce voyage en solitaire au pays des adultes sectionnerait un cordon déjà fort lâche. Elle se refusa à financer l'expédition. Un emploi estival, garçon de courses, me permit de réunir le pécule nécessaire au transport et à l'hébergement.

« Bonjour, je viens voir François Truffaut. » À Thiers au mois d'août, affublé d'un chapeau de paille, j'avais surgi avec ma valise dans les bureaux de la production. L'inconscience de mes seize ans me renverse. À présent, je n'ose plus me risquer sur un plateau, même s'il s'agit d'un film dont j'ai écrit le scénario. Je redoute d'importuner des gens qui travaillent. Je n'aimerais pas qu'un comédien se poste derrière moi tandis que je tape à la machine.

En dépit de notre conversation, François parut sidéré que j'aie fait le voyage exprès pour assister au tournage. Plus encore que je loge seul à l'hôtel, dans une chambre sans confort – le Doinel de *L'Amour à vingt ans* emménageant face à l'immeuble qu'occupe sa fiancée.

La plupart des techniciens de *L'Argent de poche* étaient venus en famille. Vacances et travail se conjuguaient dans le temps indolent d'un été. L'équipe avait investi la cité auvergnate comme une cour de récréation. On jouait à faire du cinéma, incidemment. Bien que le film se déroulât en 1975, Truffaut y avait, comme toujours, intégré ses souvenirs d'enfance. Le site du tournage me rappelait les miens, par procuration : l'enfance en Limagne du *Lapin vert*, mon livre de lecture préféré sur les bancs de la rue Robert-Estienne.

Je filmais les opérations en super-8, des prises de vues furtives, ma pellicule étant contingentée. Devant ma caméra, François prenait comiquement la pose d'un cinéaste affairé. Il me désigna à son directeur de la photo : « Je vous présente un jeune collègue. » Dès lors, les techniciens me surnommeraient « Coutard », l'opérateur fétiche de la Nouvelle Vague. On en retrouvait l'esprit sur le film. Le plan de travail s'ajustait à un scénario développé au jour le jour, le montage s'élaborait parallèlement à un tournage en décors naturels, avec des acteurs amateurs.

« Je suis désolé, Jérôme, je n'ai pas vraiment le temps de parler avec vous, mais ça va ? Vous avez fait connaissance avec les gens de l'équipe ? Tenez, vous connaissez ma fille aînée ? »

Truffaut interpella une brunette, la script-girl stagiaire : « Laura, il faudra parler avec le jeune homme, tu sais, c'est le petit voisin du Carrosse... » Il nous laissa en un tête-à-tête embarrassé.

Comme moi, Laura avait seize ans, passait en terminale littéraire et désirait observer un cinéaste affectionné au travail. Nous avions tant en commun, trop. Nous n'étions pas les deux adolescents d'un été. Un interdit pesait. En 1988, la publication des lettres de son père – j'y étais alors hostile – nous permit de renouer un contact épistolaire. Revenant au voussoiement, elle se souvient :

> [...] J'imagine que vous deviez être troublé par ce que nos situations avaient de similaire (l'âge et l'intérêt) et de différent (vous étiez venu au cinéma tout seul et moi, pour d'autres motifs, je voulais surtout partager la passion de mon père et connaître son univers de l'intérieur). Je comprends tout à fait vos réticences au sujet des visites sur les plateaux. Mais je ne crois pas du tout que mon père percevait ces visites (et pas plus les vôtres que les miennes) comme une intrusion. Il s'isolait déjà tellement du reste de l'équipe qu'il atteignait, me semble-t-il, à une certaine étanchéité vis-à-vis de l'extérieur. De plus, la vie en tournage était sûrement pour lui la vraie vie, et cela, je n'ai pu m'en rendre compte qu'à l'âge de seize ans, pendant *L'Argent de poche* [...]

François laissait croire que, juvénile cinéphile, il avait envisagé de grossir pour ressembler à Hitchcock et ainsi épouser sa fille. Le mimétisme à ma portée serait d'adopter la stratégie chère aux amoureux de Truffaut : simuler l'indifférence. Laura la prendrait au premier degré.

Sa sœur tenait un rôle dans *L'Argent de poche*. En contraste avec l'aînée introvertie, Eva était une adolescente effrontée. Elle me parlait de « musique pop » tandis que je brûlais de savoir si les filles de François Truffaut avaient hérité sa passion du cinéma. À l'investigateur, l'ingénue se confiait : « Le samedi, on va voir un film de Marilyn Monroe que j'adore. Le dimanche, c'est Papa qui nous emmène. Il nous encadre dans *Pariscope* les films qu'il aime. Alors, on va voir des Renoir... »

Ma dévotion pour Truffaut troublait la jeune Eva : « Moi je collectionne des trucs sur Marilyn et je te vois en faire autant avec mon père. Ça me fait bizarre... »

François semblait tolérer ma présence, sans toutefois la légitimer aux yeux de l'équipe. Constatant que je me nourrissais de sandwiches, il me fit attribuer un couvert à la cantine. On finit par s'habituer à moi, passager clandestin. Par inhibition, je veillais à demeurer davantage du côté des camions, aidant les techniciens à décharger le matériel. Les uns me décourageaient de vouloir faire ce métier, d'autres, mollement, suggéraient les écoles.

L'Argent de poche me permit de débuter. Au détour d'un travelling, la caméra de Truffaut captura mon visage fuyant. Je perçus au titre de figurant mon premier salaire sur un film. La fiche de paie est datée du 6 août 1975 : « Salaire brut : 60. Salaire net : 56,77 + prime de transport (0,23). Net à payer : 57 F. » Je pus m'offrir une bobine de super-8.

Nous venions avec l'équipe d'assister à une avant-première de *L'Histoire d'Adèle H.* Le film m'avait procuré, physiquement, une sensation de claustration. Truffaut acquiesça : « Et cette claustration, comme vous dites, n'était pas seulement sur l'écran. Curieusement, il arrive que le climat d'un film déteigne sur celui du tournage... C'est pourquoi, avec *L'Argent de poche*, j'ai voulu donner un grand coup d'éponge sur la tristesse d'*Adèle.* »

Ici, en communion d'enfance, il encourageait les espiègleries de ses petits interprètes. Il tenait à ce que le tournage reste pour eux une sorte de jeu et, sans démagogie, se faisait leur allié contre les techniciens et les pesanteurs du travail. J'ignore ce qui se tramait en coulisses, mais sur le plateau, semblable au metteur en scène qu'il avait incarné dans *La Nuit américaine*, il était concentré, patient, d'humeur égale, même lorsqu'un chat capricieux refusait de se soumettre à la caméra. Une seule fois, je l'ai vu se mettre en colère, contre une passante qui brutalisait son petit garçon.

Assister à un tournage n'implique en rien de faire partie de l'équipe. Mon assiduité oisive irritait la proche collaboratrice de François – il avait soigneusement négligé de faire les présentations. Cette femme d'à côté était chargée des missions désagréables qu'il n'osait assumer lui-même.

J'eus droit à un traitement de faveur, tout aussi expéditif. Le 15 août, à midi, il me prit à part : « Jérôme, j'aimerais mieux que vous ne restiez pas trop longtemps. Je ne crois pas que regarder un tournage soit très instructif, et puis, je refuse tellement d'étudiants, de gens recommandés, de stagiaires, je ne voudrais pas que... Ça m'ennuie surtout pour vous, de vous voir là, à perdre votre temps sans rien faire... »

Je repris mortifié le train pour Paris.

C'était pourtant bien... On aurait pu vivre plus d'un million d'années. Et toujours en été...

Le Sud de Nino Ferrer était le tube que tous fredonnaient sur le plateau. Nous portions des chemises cintrées à large col, des pantalons pattes d'éléphant. Hideuse mode acrylique que restitue une photo du tournage. Dans une rue pentue du vieux Thiers, un groupe s'avance, enfants et techniciens. Truffaut, rieur, le paquet de Celtiques dans sa manche de chemise retroussée, une main posée sur l'épaule d'un petit garçon. Laura, sourire retenu, sacoche de script-girl en bandoulière. Entre la fille et le père, le jeune homme en retrait, c'est moi.

Je ne réapparus au Carrosse que le 10 novembre. Le spécialiste de la douche écossaise tint à s'excuser de m'avoir congédié : « Je m'inquiétais de votre silence... J'avais peur que vous n'ayez été un peu refroidi par ce que je vous ai dit à la fin... »

Ce jour-là, il avait sondé mes rêveries de cinéma qui lui semblaient encore fragiles : « Ça marche pour vous en classe ?... Si si, il faut faire des maths pour vous en sortir. Dans les lycées, vous avez tellement de gens qui désirent devenir cinéastes, autant qu'avocats ou médecins. Mais on n'a pas besoin de tous ces cinéastes. Et ça va être très grave pour eux. Des jeunes gens m'écrivent : dois-je faire ci ou ça ? Je vois l'Idhec, c'est affolant. Peut-être en tournant en super-8 ou en 16 mm... Vous savez, il n'y a pas de règle pour faire ce métier, mais il faut le vouloir vraiment. Si on doute, on a peu de chances d'y parvenir. »

Une conseillère d'orientation était venue nous rendre visite en pension. Mes tests se révélèrent calamiteux. Quand j'annonçais que je me destinais au cinéma, sans pouvoir préciser par quel miracle, la dame avait soupiré.

Faire du cinéma. Mais encore ? Un métier, une œuvre ? Ma demande était aussi fervente que théorique. François la prenait en compte, tout en me préparant à certaines désillusions. Il se refusait à précipiter les choses artificiellement. Il voulait que je trouve ma voie, que ma vocation s'affermisse. Le rebelle qui avait quitté l'école avant terme m'incitait à achever mes études.

Bachelier miraculé l'année suivante, enfin de retour à Paris, je m'inscrivis à l'université, en droit. La condition pour que ma mère m'assure gîte et couvert. S'acharnant à dupliquer en moi celui qui avait plombé son existence, elle était persuadée que je porterais la robe d'avocat. Les études me permettaient surtout d'obtenir une réduction à la caisse des cinémas et un sursis pour le service militaire. Les murs et les uniformes, je venais d'en purger sept ans ferme. À l'école, la pension, succéderaient le bureau, la retraite, la mort, les vacances.

Encore brûlant de fièvre militante, huit ans après 68, le campus de Nanterre me dépaysait : pétitions, manifs, grèves étaient inimaginables derrière les grilles de l'internat. Mais je resterais un jeune homme désengagé. « Que le monde aille à sa perte, c'est la seule politique », la prescription durassienne du *Camion* me convenait. Longtemps, je ne lirais les journaux qu'à la rubrique spectacles et boycotterais les bureaux de vote. Il n'y a pas de quoi se vanter. J'appartiens à une génération dépucelée idéologiquement après les boat people et sexuellement avant le port du préservatif obligatoire. Déjà, j'avais dérogé aux années *peace and love*. Au pensionnat, certains vénéraient Kerouac, les Pink Floyd, rêvaient de Katmandou. J'avais horreur du patchouli et d'autres aspirations.

Ma solitude, subie puis cultivée, s'accordait mal avec les élans collectifs. Y compris le cinéma que j'ai toujours pratiqué en solipsiste. Face à un grand écran, tout seul. Ce fantasme, m'introduisant tôt le matin dans une salle interdite au public, j'ai pu le réaliser l'an dernier : sous la voûte étoilée du Grand Rex, un paquebot faisait naufrage.

En 1976, le spectre du chômage effrayait moins que celui de l'emploi. Entretenus ou non par leurs parents, la plupart des étudiants de Nanterre espéraient échapper à l'obligation de gagner leur vie. On croyait aux utopies communautaires. Ne pas « entrer dans le système ». Indifférent à ces ukases, je ne songeais qu'à exercer une activité régulière et rémunérée, au plus près du cinéma naturellement.

Je passais le plus clair de mon temps dans les salles du Quartier latin, en solitaire ou lié vaguement avec quelques compulsifs de mon acabit. Plus que l'internat, la cinéphilie me maintenait à l'écart de ma génération – génération Giscard, en l'occurrence. Soirées, sports, weekends ne me concernaient pas. Aussi loin qu'il m'en souvienne, je n'ai jamais été jeune. Mon frère écoutait Janis Joplin, j'en étais à Damia. Une nuit, pour information, je m'étais aventuré au Palace, contrée exotique. Assourdi de Village People, j'avais tenté d'utiliser les toilettes à des fins urinaires, assailli par des vibrions de tous sexes. La folle nuit de Monsieur Perrichon s'était achevée à l'aube, devant un café amer.

Truffaut n'avait pas tort : « la vraie vie », au moins à ce moment-là, c'était le cinéma. Mes grandes vacances, à raison d'un film par jour au Racine, au Saint-André-des-Arts, étaient vouées à Bergman. Ses filles et ses îles m'ont tant marqué qu'il me semble les avoir connues. Les jeux d'été avec Monika figurent dans mon album de non-souvenirs.

Les vacances étaient surtout l'occasion de camper à la Cinémathèque. Une photo géante de Gérard Philipe dans *Juliette ou la clé des songes* ornait le hall où, premier arrivé, je patientais avec un livre. Le massif Henri Langlois venait s'asseoir à mes côtés, se massant tempes et paupières. « Tout sauver, tout montrer », plus qu'un collectionneur, un conservateur, il fut un artiste. Il se mouvait lourdement lorsque, là-haut, Mary Meerson le rappelait à l'ordre. Le « dragon » s'était entouré de dragonnes. Son frère, Georges-Patrick Langlois, avait assisté à l'enterrement de mon père. Ils exerçaient le même métier mais les liait aussi, de Smyrne à Constantinople, un vert paradis perdu.

À Chaillot, le prix des places était modique, trois francs et un centime. Slavka, la caissière lunatique, indifférente aux protestations de la file d'attente, morigénait les spectateurs, garçons trop maquillés, filles pas assez, ou galvanisait les dépressifs en citant la *Gertrud* de Dreyer : « Il n'y a qu'une chose importante : aimer et rien d'autre. »

On ne craignait pas d'avaler trois ou quatre films à la suite. Il s'agissait de parcourir toute l'histoire du cinéma, humblement, dans l'ordre, de Griffith à Cassavetes, de Murnau à Fassbinder. Les muets monumentaux, *Intolérance*, *Les Rapaces*, *L'Aurore*, étaient projetés, sans musique, dans un recueillement absolu. Nous formions un petit cercle d'habitués qui se gardaient de frayer entre eux. Rivés aux premiers rangs, les fils de Jean Eustache jouissaient d'un prestige dont ils n'abusaient pas. À la Cinémathèque, j'ai vu pour la première fois *La maman et la putain*. En 1973, l'entrée en salle m'avait été refusée, interdit aux moins de dix-huit ans. Je n'avais toujours pas l'âge requis. Chez Langlois, les contrôles étaient inexistants. Malgré cela, j'avais passé les trois heures quarante de projection, assis sur les marches bondées du balcon, dans la crainte d'être débusqué.

Les bons pères nous avaient inoculé le sens du péché. Il m'en reste une incurable culpabilité. Je ne voyage jamais sans titre de transport mais l'apparition du contrôleur me tétanise.

Voir des films suscite l'envie de passer derrière l'écran, à la place du montreur d'ombres. Dès l'âge de neuf ou dix ans, je m'étais emparé de la caméra paternelle. En vacances, les mornes paysages et couchers de soleil qu'affectionnait ma mère étaient entrelardés de vignettes de mon cru, policières ou horrifiques, interprétées bon gré mal gré par mon petit frère.

Sur la suggestion de Truffaut, je me mis à réaliser des courts métrages en super-8 et

16 mm. Tentatives modestes avec pour vamp Pascale, ma future femme – il n'en était alors nullement question. Je tournais les samedis et dimanches, selon les disponibilités de mes comédiens d'occasion, empruntant le matériel ici ou là, ne disposant même pas d'un véhicule pour le transporter. Comme tout amateur, je cumulais les postes de réalisateur, cadreur, monteur. Pas de scénario, mais un canevas sur lequel nous improvisions au gré de l'inspiration et de la météo. C'était la liberté candide du cinématographe. L'enfance de l'art.

S'ils me familiarisèrent avec la technique, ces brouillons n'avaient pas grand intérêt. Je m'abstins de les montrer à François. Attentif à mes tâtonnements, il m'avait dissuadé de filmer une histoire dont quelqu'un, m'apprit-il, avait déjà fait un court métrage. Il s'agissait de Godard. J'ignorais tout de la brouille entre Saint-Just et Robespierre, mais lorsque je faisais allusion au Vaudois vaudou, Truffaut se crispait ostensiblement.

Au Carrosse, le 18 février 1977, il me proposa d'adapter une nouvelle de Cocteau figurant dans le *Journal d'un inconnu*. On annonce à une fillette la naissance d'un petit frère, dans un chou – Cocteau avait inspiré dans *La Recherche* le personnage d'Octave, surnommé « Je suis dans les choux ». L'enfant transperce tous ceux du potager. Sa mère fait une fausse couche. La petite criminelle avoue son forfait.

François était enfant unique. Il eut pourtant un petit frère, né René, mort prématurément. À ses débuts, il avait envisagé de filmer ce conte cruel. J'étais très touché qu'il m'en fît cadeau. Il m'indiquait une première piste : « Ne cherchez pas à être réaliste, stylisez, stylisez... »

Je reçus dès le lendemain un 33 tours et une carte de visite : « François Truffaut vous prête ce disque, il vous suggère de l'enregistrer sur bande magnétique si vous le désirez. Amicalement. La secrétaire de François Truffaut, Josiane Couëdel. »

J'étais terrifié à l'idée d'égarer ou, pire, de rayer ce disque américain de collection : *Jean Cocteau reads his poetry and prose*. La voix humaine m'envoûta. Je me procurai le livre et, après bien des atermoiements, finis par écrire une adaptation, titrée *La Petite Fille aux choux*, que j'envoyai à François le 16 août 1978 :

> [...] J'ai rédigé un scénario, sans doute trop rapidement. Néanmoins, je serais heureux d'avoir votre avis. Quant aux comédiens, pour moi le couple idéal serait Jean-François Stevenin et Ludmila Mikaël. Reste à trouver la petite fille. Le choix du directeur de la photo me préoccupe tout autant. Je n'ai pas oublié votre précieux conseil : « Stylisez, stylisez ! » J'attends beaucoup de votre lecture. Je compte sur

la justesse de vos appréciations, pas sur votre indulgence. Ne m'épargnez pas.

Il allait me prendre au mot. Le 29 août 1978, il me répondit avec cette prudence réfrigérante dont je n'avais pas encore fait les frais.

[...] Je sais par expérience qu'un découpage n'a de sens que pour celui qui s'apprête à réaliser un film. C'est pourquoi je ne désire pas lire votre scénario.

Je fus terriblement désappointé. Un pas en avant, trois en arrière, comme si nos lettres et nos rendez-vous ne comptaient plus, il semblait tout à coup me fuir – Adèle H. et le lieutenant Pinson. Sa réaction me culpabilisait. Avais-je commis un impair ? La ligne jaune, fluctuante selon son humeur, était subtile à détecter. Mais l'abstention avait valeur de correction. Peut-être avait-il lu le scénario et, consterné, préférait-il n'en rien dire.

Sa lettre, comme pour tempérer son refus, m'abreuvait de conseils, me signalait des filières de production, m'encourageait à contacter de sa part les comédiens, à acquérir les droits du livre auprès de l'héritier de Cocteau en me recommandant de lui :

[...] Tenez-moi au courant. [*Rajout manuscrit.*] Je suis désolé de ne pouvoir vous aider davantage. Quoi qu'il arrive, je vous souhaite bonne chance. Amitié, françois.

Les archives du Carrosse révèlent que nous sommes nombreux à avoir reçu ce genre d'encouragements. Dans la correspondance du matois Jean Renoir, on trouve la même courtoisie lisse, apparemment bienveillante. Plutôt que l'ignorer, prendre en compte la demande, et la neutraliser. L'accomplissement d'un artiste est à ce prix. On ne mène pas une œuvre à bon port sans fermer les écoutilles.

Le sésame Truffaut opéra. Édouard Dhermit, le frère des *Enfants terribles*, m'accorda une option gratuite sur l'œuvre originale. Le film prenait un tour professionnel. J'étais assez ignorant des aides accordées aux impétrants cinéastes. Je croyais que rien ne serait possible sans le soutien d'un producteur. Je craignais d'indisposer François en le sollicitant à nouveau.

D'autres portes closes achevèrent de me décourager. Il m'en fallait peu. Je n'avais pas l'ambition de prendre le cinéma d'assaut selon un plan d'attaque concerté. Fidèle au souvenir de *La Nuit américaine*, mon projet était plus générique : participer à un tournage. Que j'en

fusse le metteur en scène ou l'accessoiriste stagiaire, peu importait.

Je me mis à chercher des stages d'assistant.
Redoutant un refus, j'excluais de recourir à
Truffaut. En dehors de lui, je ne connaissais
personne dans le métier. Une vague relation
familiale, habituée des terrains de golf, insista
pour me recommander à Sean Connery. Il accepta que je lui téléphone, en Espagne je crois.
Je dus raccrocher. Mon anglais balbutiant ne
me permit pas d'aller plus loin que : « My
name is... »

N'ayant aucune compétence pour devenir assistant, ni au fond l'envie acharnée, je renon-
çai. Pourtant, et ce n'était pas de l'arrogance,
plutôt une croyance magique, je ne doutais de
rien. Quoi qu'il arrive, je ferais du cinéma.

Pour l'heure, je ne faisais pas grand-chose. Et
j'y réussissais admirablement. Ma mère avait
beau jeu de constater la déroute de ma vocation.

Élevée dans le mythe de l'*american dream*, ma
grand-mère était plus solidaire. Le cinéma lui
semblait être une tradition familiale. Dans les
années quarante et cinquante, sa sœur avait été
secrétaire au département scénario de la Paramount. Cette Victoria se souvenait avoir tra-
vaillé pour Billy Wilder et Charles Brackett sur

Sunset Boulevard – le héros, un scénariste, finit noyé dans une piscine.

Vers 1975, venue à Paris pour faire la connaissance de ses petits-neveux, ma grand-tante d'Amérique avait loué un meublé. La porte en fut fracturée, bizarrement de l'intérieur. La locataire indignée me demanda de l'accompagner au commissariat pour déposer plainte. Je n'y étais pas retourné depuis l'âge de huit ans : un inspecteur établissant mes premiers papiers d'identité avait maculé mes doigts sur un tampon encreur. Le mystère de la chambre close laissa le commissaire goguenard. D'autant que ma grand-tante lui désignait à mi-voix ceux – *they* ou *them*, à savoir la mafia – qui la traquaient et auraient sa peau. Elle disait avoir œuvré à la Paramount pour « Mister Hitchcock ». La frappe de *L'homme qui en savait trop* avait dû lui taper sur les nerfs.

Après sa mort, de vieillesse, une lettre de la First National Bank nous informa qu'elle avait consigné dans un coffre des documents de la plus haute importance. Ma grand-mère renonça à engager un avocat comme l'exigeait la procédure. Je suppose que les papiers secrets continuent de croupir à la banque. Ainsi l'assassinat d'un président n'a toujours pas été résolu.

Ma mère m'exhortait à envisager enfin « un métier sérieux ». Le cinéma, plus question. La chose était entendue. Elle déplorait toutefois que je n'aie pas requis plus franchement l'aide de Truffaut. J'avais mes raisons. Je n'étais plus un adolescent qui se cherche mais un jeune homme résolu à trouver du travail. Dès lors, me semblait-il, nos rapports s'en trouvaient modifiés, voire altérés.

Au moment où je m'y attendais le moins, il m'offrit un stage d'assistant sur *Le Dernier Métro*. Titi gouailleur costumé en strict financier, Marcel Berbert était le producteur du Carrosse. Chargé de m'engager, il me dit : « Puisque François vous connaît... » Un critère suffisant, tant il abhorrait les têtes nouvelles sur son plateau.

Seul *impedimentum*, je n'avais pas mon permis. Je ne m'étais trouvé qu'une fois au volant d'une automobile, sur les genoux de mon père. Je ne savais pas conduire, tout comme Truffaut, phobique de l'eau, ne savait pas nager. L'obstacle ne lui parut pas insurmontable : « Eh bien, passez votre permis, vous avez juste le temps. » Imaginer les vedettes assises, littéralement, à la place du mort, me fit reculer.

Ce permis, je ne l'ai jamais passé. Et j'ai constaté que nombre de scénaristes ne savent pas conduire. Pas plus une voiture qu'un film. Une connivence nous lie. Ces sans-papiers ne tiennent pas à être régularisés.

L'œcuménique *Dernier Métro* apaisa les passions et les haines vert-de-gris – provisoirement : le remugle refoulé ne manquerait pas d'empuantir à rebours ce vieux pays de guerre civile. Le succès du film me contrariait. Un bon coin en forêt qu'on se croit seul à connaître, tout à coup envahi par des hordes de touristes. Triomphe public, récompenses, unanimité, c'était trop. Mon cinéaste particulier devenait une institution. Truffaut ne s'endormit pas sur ses César. Il tourna aussitôt *La Femme d'à côté*, film lyrique et impudique de l'amour maladif. Le violent sous contrôle s'était débondé.

Bien que son aide se fît plus directe – il me proposerait encore un stage de montage –, je n'avais pas donné suite. Je n'aurai pas connu cette étape émouvante, décevante éventuellement : l'exercice d'admiration transmué en un rapport de travail.

Mais j'écris aujourd'hui des films parce qu'il l'avait décidé. On ne discute pas les consignes de l'élu. On fait la planche, on se laisse flotter.

Les détracteurs de la Nouvelle Vague laissent croire que celle-ci aurait laminé la fonction de scénariste. Rien n'est plus faux, mais le cas de

Truffaut peut sembler paradoxal. Le jeune critique en colère qui dénonçait l'imposture des scénaristes-adaptateurs écrirait avec ceux-ci tous ses films.

En devenant cinéaste, il voulut moins s'emparer de la caméra que se réapproprier, à compte d'auteur, le stylo, alors détenu par une caste : « Les scénaristes sont des baratineurs. Ils glissent dans les dialogues de films les phrases définitives des romans qu'ils n'auront jamais le courage d'écrire. Si le film est mauvais, le scénariste se défend en disant qu'il ne reste plus rien de son travail. S'il est bon, il se plaint que le prestige n'en rejaillisse que sur le seul metteur en scène. »

Allaité au sein de la Nouvelle Vague, j'étais au fait de ces polémiques. L'insistance de Truffaut à m'assigner un poste ingrat, sinon suspect, me déconcertait. Je faisais la sourde oreille. Dès notre première rencontre, il me l'avait suggéré. Le 16 février 1976, il revenait à la charge : « Vous savez, on manque vraiment de scénaristes. Je reçois des scénarios américains, professionnels, prêts à être tournés, mais aussi des scénarios français qui ne tiennent pas debout. Quelqu'un comme vous pourrait faire du cinéma en écrivant des films... »

En 1979, occupé à de vagues études – après un échec prémédité en droit, je faisais de la figuration en lettres –, ma cinéphilie trouva un point d'ancrage au mensuel *Cinématographe*. Lecteur depuis le premier numéro, j'en devenais rédacteur. L'itinéraire classique du cinéphile, une tradition presque obligée. Ce passage de la ligne m'exaltait. J'avais accès sans limitation aux films et à ceux qui les faisaient. J'étais heureux de participer à un projet commun, qui nous donnait un semblant de statut social, mais sans gravité.

Le précoce et brillant Jacques Fieschi animait une publication d'une haute tenue, ni dogmatique ni puritaine, à son image. Cet esprit libre se refusait, lui, à choisir entre le cinéma et la vie. En dépit de ma raideur provinciale, il accepta de me faire confiance et, tel le Jacques du *Petit Chose*, m'accueillit fraternellement, à Paris, sur la rive gauche.

Une rencontre que j'avais, là encore, provoquée. Sans en mesurer la portée. Quelques années plus tard, Jacques et moi, souvent en tandem, écririons des scénarios. Claude Sautet serait notre implacable maître d'œuvre. Comme dans un conte initiatique d'Andersen, j'aurais eu à franchir une enfilade de portes. À celle du Carrosse, succédait, aussi déterminante, celle de *Cinématographe*.

Lecteur fidèle de la revue, rivale effrontée des *Cahiers du cinéma*, Truffaut prit acte de mes débuts. Il jugeait l'activité critique plus formatrice que l'assistanat. « À s'occuper des cafés, on n'apprend pas grand-chose », m'avait-il dit après notre rendez-vous manqué sur *Le Dernier Métro*. Le poste qu'il me destinait redevenait envisageable, comme le suggère un passage de sa lettre du 13 décembre 1979 :

> [...] Je suis très content de constater la solidité de votre vocation, mais aussi de voir que votre approche du cinéma se fait par l'écriture, la meilleure voie selon moi.

Il ne cesserait de m'encourager à adopter le métier de scénariste. Son insistance était proportionnelle à mon indécision. Non sans ambiguïté. Si mes velléités de mise en scène s'affirmaient, il marquait un recul. Dans ce cas, j'aurais à cheminer seul.

En janvier 1982, alors sous les drapeaux, je lui exposais mon intention de consacrer un scénario à un déserteur de la Grande Guerre :

> [...] Je compte aborder dès que possible l'écriture d'un long métrage (sans toutefois songer à le réaliser moi-même). Je vous adresse ci-joint le synopsis que j'ai tiré du livre. J'espère que vous partagerez mon enthousiasme et que vous aurez la gentillesse de m'indiquer un (ou plusieurs) producteur(s) susceptible(s) de prendre une option chez l'éditeur et

de me donner le feu vert. Comme vous le savez, j'effectue actuellement mon service militaire. Agissez comme vous l'entendez, sachant que je ne pourrai livrer mon script que vers le printemps 1983.

À ce courrier abusivement professionnel d'un simple bidasse, François se plut à répondre sur le même ton :

[...] Cela me paraît un très bon sujet, mais puisque vous ne disposez ni des droits ni d'une option, je n'ose pas vous recommander tel ou tel producteur pour des raisons de sécurité. Quant aux metteurs en scène, vous les connaissez aussi bien que moi et probablement mieux que moi. J'ai seulement pensé à Bertrand Tavernier, à cause d'une certaine jovialité à la Renoir et aussi de son indépendance de metteur en scène-producteur. C'est une bonne idée de film, ne la laissez pas traîner sur les bureaux ou alors entrez en contact avec l'auteur du livre.

Il m'en reparlerait. Non, lui-même ne se voyait pas réaliser un tel film : « Depuis *Fahrenheit*, j'ai décidé de ne plus tourner avec des gens en uniforme. Tous ces pompiers habillés pareils, ça me déprimait... » Pointant ici l'absence d'un personnage féminin, il me fit part d'un sujet auquel il s'était intéressé, l'histoire vraie d'un déserteur caché par une veuve de guerre et obligé de se travestir en femme.

Il lui semblait, disait-il, que la pratique du scénario conviendrait mieux à mon tempérament. À mes limites ? Il avait détecté une timidité – phobie sociale même, au-delà de trois personnes, c'est la foule – qui ne me prédisposait guère à l'âpre promiscuité d'un plateau. Petit à petit, j'ai admis le diagnostic. Au moins comme une recommandation salutaire. Elle m'éviterait de végéter dans une salle d'attente encombrée. Je finis par exaucer son vœu. Grâce à lui mais sans lui. L'année même où il tomba malade.

Paradoxalement, je suis venu au cinéma fasciné par la magie supposée du tournage et mon métier m'en tient éloigné. J'interviens – pour reprendre la boutade de Billy Wilder – comme une femme de chambre fait et défait le lit. Avant et après le coït.

Sourcier du rêve de l'autre, le scénariste répond à la commande, plus ou moins formulée, du metteur en scène. Un technicien de l'écriture comme d'autres se chargent de l'image ou du son. Mais une écriture volatile, périssable. L'objet scénario n'a pas d'existence autonome. La maison érigée dévalue les plans de l'architecte et le scénariste reste l'homme de l'ombre. Il semble pourtant que François ait vu juste. C'est là ma place. Je m'y tiens.

Croyant disposer de mon libre arbitre, je me suis retrouvé finalement à l'endroit exact qu'il avait d'emblée envisagé pour moi. Pour nous. Il m'avait mis en serre, passant de temps à autre pour arroser, bouturer. Le moment venu, peut-être, s'il m'en jugeait qualifié, j'aurais une place dans son jardin. Le 21 septembre 1982, il m'écrivait :

> [...] Si inventer, construire, imaginer, rédiger vous convient (ou vous conviennent ?), alors nous pourrons travailler ensemble, un de ces jours, sur un de mes projets... ou un des vôtres.

La perspective lui semblait plausible. J'en suis réduit à le conjecturer. Ça n'a pas eu lieu. En fait, je n'ai pas d'alternative. Je veux, je dois le croire. Nous aurions pu « travailler ensemble, un de ces jours », sur un scénario.

Imaginer des histoires eût été une façon d'accomplir la nôtre.

Tu lutteras pour la France
Et pour sa délivrance
Tu tomberas au combat un beau matin
Sur un de ses chemins.
Loin de tous ces chacals
Qui portent les cheveux longs
Tu garderas ton idéal
Et toutes nos traditions.

Sac au dos, dans la boue, à marche forcée, on beuglait le chant martial. Les chefs de cette caserne semi-disciplinaire nous en faisaient baver. Particulièrement à nous, les pistonnés.

Je n'avais pu différer davantage mes obligations militaires. Sans motif d'être réformé – pas le cran de simuler la dinguerie –, j'espérais être affecté au Service cinématographique des armées. Truffaut ne pouvait m'être d'aucun secours. Il m'expliqua que ses faits d'armes ne joueraient pas en ma faveur. Engagé volontaire en Indochine suite à un chagrin d'amour, il avait déserté et été incarcéré. Avait-il gravé sur le mur de sa cellule « Ici, François Truffaut a souffert » ? Ces murs ont disparu. La caserne Dupleix a été rasée, remplacée par une école où mes filles ont appris à lire.

Le service militaire de Lelouch, vingt-huit mois, la guerre d'Algérie, l'avait formé à la technique du reportage. Il l'appliquerait à la fiction. L'homme à la caméra accepta de me faire une lettre louant mes qualités d'assistant. Ce n'était pas entièrement faux. Mon livre sur le tournage des *Uns et les autres* – ruse pour infiltrer un plateau – valait mieux qu'un stage. J'avais eu libre accès à toutes les étapes du film, depuis les repérages jusqu'à la projection cannoise.

Lelouch était touché que vienne à lui un cinéphile « tendance *Cahiers* », comme il disait. J'aimais sa vitalité ludique, enfantine, le cinéma envisagé comme un coffre à jouets. Mes dévots camarades jugeaient hérétique mon indulgence pour un cinéaste vilipendé – lui-même, il est vrai, se complaisant en ce bannissement. Il avait conquis de haute lutte une indépendance de metteur en scène producteur, très semblable à celle de Truffaut, et ils s'estimaient au moins pour cela. Lelouch m'avait admis dans sa famille, ouvert son bureau, sa maison, sans restriction. Je cohabitais avec ses collaborateurs, comédiens, enfants, compagne, ex-femmes. Il voulut même me faire connaître sa maman. Une familiarité bonhomme qui contrastait étonnamment avec la protection maladive dont s'entourait François.

Avant de rejoindre le service cinéma au fort d'Ivry, il me fallait accomplir mes classes à C..., une ancienne base américaine où le jeune Gérard Depardieu avait fait ses quatre cents coups. L'équipement et l'armement antédiluviens fleuraient les relents de la Drôle de guerre. Aguerri par l'internat, je supportais sans trop de casse le climat asphyxiant des hommes entre eux.

Le brassage de la conscription avait certaines vertus. Français de toutes origines et toutes conditions se serraient les coudes. Malgré le froid, les humiliations, les brimades, on jouait à *Tire-au-flanc*. De jeunes Antillais, suppliciés par les rangers, avaient obtenu de porter des baskets. La neige, qu'ils voyaient tomber pour la première fois, les émerveilla.

J'étais réticent à me servir d'un fusil, joujou froid et lourd. Sur qui étais-je censé tirer ? Le chef m'informa :

« Sur l'ennemi.

– Mon lieutenant, qui est l'ennemi ?

– L'ennemi intérieur, allez, vous savez bien...

– Non, mon lieutenant.

– Toi, le pédé, t'as voté Mitterrand ! »

À l'irréductible gaucher, on renonça à inculquer les rudiments de la chasse à l'ennemi. Au fusil se substitua la caméra. Je fus enfin affecté à Ivry. L'enceinte du fort dominait les jardins potagers d'une banlieue ouvrière à l'ancienne. Mon commandant était une femme et une fan de Truffaut. Je pus lui procurer l'affiche de *L'homme qui aimait les femmes* dont elle ornerait son bureau. Et le régime de mes permissions s'assouplit.

En cette sinécure, le 19 janvier 1982, François ne manqua pas de me faire signe :

> Votre lettre du 14 janvier me donne de bonnes nouvelles puisqu'elle m'annonce que le service militaire ne vous fera pas perdre de temps. Pour occuper vos heures de garde, voici deux livres : l'un est mon panégyrique par une jeune Marseillaise, l'autre un beau livre posthume de Tay Garnett. [...] J'ai effectivement acheté les droits du *Petit Ami*, mais Pascal Thomas désirant tourner le même film, je ne suis pas certain de mon envie de lutter. Donnez-moi de vos nouvelles et venez me rendre visite pendant une de vos permissions. Il y a trente ans, j'étais dans la même situation que vous mais avec des perspectives d'avenir moins brillantes que les vôtres.
>
> Avec toute mon amitié, françois.

J'avais ce projet de scénario sur les pelotons de Pétain – à Ivry avait été fusillé le régicide du Petit-Clamart – et mettais à profit mes heures de repos pour explorer le fonds 14-18 des archives cinématographiques.

Certaines boîtes rouillées renfermaient des bobines perdues à jamais. D'autres, telles les fresques antiques de *Fellini Roma*, se décomposaient sous nos yeux. Les reportages de guerre étaient grossièrement mis en scène, interprétés par des troufions rigolards qui jetaient des regards furtifs à l'objectif. La plupart de ces figurants étaient des cadavres en sursis. Les documents les plus poignants provenaient des antennes médicales. Des soldats mutilés ou aliénés défilaient devant une caméra clinique. Un major surgissait dans le champ pour contraindre le cobaye à exhiber sa blessure, sa prothèse, ou pour déclencher d'effrayantes crises chez les insanes.

J'étais devenu l'assistant de l'affable Yves Ciampi. Nous partagions une même passion pour la gastronomie et pour Danielle Darrieux. Espérant revenir un jour au cinéma, l'auteur de *Typhon sur Nagasaki* réalisait des documentaires alimentaires. Ici, une similifiction à la gloire d'un chasseur de mines. Pour fourguer au tiers-monde ses engins de mort, l'industrie de l'armement ne lésine pas. J'avais pour mission d'organiser une superproduction avec figuration pléthorique, bâtiments de guerre, hélicoptères, sous-marins. Les saynètes du jardin Galliera ne m'y avaient guère préparé. Nul ne parut détecter mon incompétence.

François se manifestait avec constance. Je reçus une lettre à l'encre violette, en date du 21 septembre 1982 :

> [...] J'imagine qu'à mon *Vivement dimanche !* répond votre « vivement décembre », encore qu'Yves Ciampi soit le meilleur adjudant possible ; il y a vingt-cinq ans, il était le mari d'une charmante actrice japonaise. [...] L'adaptation de *Vivement...* a été une épreuve car il s'agit du moins bon roman de son auteur, mais j'aimais le rôle de Barbara, désormais central. Je tournerai dans le midi du 4 novembre (mais je quitte Paris le 16 octobre) jusqu'au début janvier. Voyons-nous quand vous pouvez, quand vous voulez...
>
> Amitiés, françois...

Mes permissions ne coïncidaient pas avec les siennes. Le cinéma nous permit à nouveau de voisiner. Je me trouvais à Toulon pour mon film de propagande tandis qu'il tournait à Hyères *Vivement dimanche !* Il m'autorisa à venir sur le plateau, suggérant que j'apporte mon uniforme. Il pensait me faire faire un petit passage devant la caméra, une « panouille » en terme de métier.

J'en fus empêché par un virus sournois. Mes vomissements, si violents, avaient déclenché une irrépressible hémorragie nasale. Par tous les orifices, l'organisme tentait d'expulser le corpuscule allogène. Toulon national couvait déjà son mal. Afin de faciliter nos rapports avec les gradés, on nous faisait passer pour des techniciens civils. Cantonné dans un foyer militaire, je n'osais appeler un médecin, de peur que mon imposture fût découverte. Je réussis à garder la chambre plusieurs jours et, loque pantelante, déshydratée, serais finalement évacué en convoi sanitaire.

La maladie m'interdit de voir Truffaut diriger *Vivement dimanche !*, son dernier film, tourné dans une clinique désaffectée. Cette comédie policière en noir et blanc débutait logiquement par un meurtre et s'achevait par un mariage.

À l'auteur de *La mariée était en noir*, William Irish, le cinéaste avait consacré un texte troublant :

« Les éléments qui reviennent le plus constamment [*dans les récits d'Irish*] seraient le rêve, la perte de contrôle ou de mémoire, l'incertitude du passé. Si nous jouons au jeu de la libre association, après le nom d'Irish arriveront les mots amnésie, coton, nuit blanche, pansement, somnambulisme, alliance, voile, douleur, ralenti, anxiété, oubli... »

Je ne me souviens pas de toutes nos rencontres. Je regrette de n'avoir jamais tenu un journal intime. À mon âge, trop tard, il faudrait des circonstances particulières : guerre, captivité, maladie. Je n'ai pas pris non plus de notes systématiques.

Je croyais que nous avions toute sa vie devant nous.

Des fragments isolés me reviennent. Nous sommes à bord de sa voiture décapotable. Cours Albert-Ier, nous émergeons du souterrain. D'où venons-nous, où allons-nous ? Je n'en sais plus rien.

Mais c'est un samedi matin. Il fait beau.

Au volant, François sifflote un air de Trenet.

J'ai toujours peur le lendemain
Quand on s'éveille d'un rêve
J'ai peur du jour quand il se lève
Et qu'il s'appelle dimanche prochain.

Dimanche 21 octobre 1984. Rue Michel-Ange, après l'amour, la nuit. Bouche d'ombre, la radio profère : « Le cinéaste François Truffaut est mort cet après-midi à l'Hôpital américain de Neuilly des suites d'une tumeur au cerveau. »

Un prêtre, le père Popieluszko, et un enfant, le petit Grégory, l'ont précédé de peu. D'autres encore vont l'escorter.

Pierre Kast, compagnon de la Nouvelle Vague, est mort la veille, le samedi 20, à bord de l'avion qui le rapatriait en urgence de Rome. Il s'apprêtait à filmer Jean-Pierre Léaud dans une adaptation de *L'Herbe rouge*. Curieusement, Boris Vian avait lui-même trouvé la mort tandis qu'il tenait un rôle dans un film de Kast – le 23 juin 1959, pendant une projection de *J'irai cracher sur vos tombes* au Marbeuf, salle où Truffaut, en juillet 1946, avait découvert *Citizen*

Kane, éclosion testamentaire d'un tout jeune homme qui déterminerait sa vocation de cinéaste.

Le vendredi 19 octobre, veillé par une infirmière qui ne sait rien de lui, Henri Michaux a tranché entre « façons d'endormi » et « façons d'éveillé ». Ses proches n'ont révélé la nouvelle qu'après son incinération – la femme adorée du poète avait flambé, vive.

Deux êtres que nous admirons peuvent s'ignorer tout au long de leur existence – aucune passerelle à ma connaissance, sinon une enfance mal aimée, une mère distante – et se retrouver associés *in fine*. *Libération* fait sa Une du lundi 22 octobre sur la rime :

> *Michaux est mort*
> *Truffaut est mort*

La liste n'est pas close.

Ce même jour, Oskar Werner, le Jules de Jim, le Montag de *Fahrenheit*, meurt à Vienne. La mort cultive l'humour à froid – les germanophones apprécieront : le pompier Montag s'est éteint un lundi.

Une cohorte de morts prématurés, tous membres de la famille Carrosse, tels les enfants le joueur de flûte, ont depuis suivi Truffaut. On croirait une équipe de film : le chef-opérateur

Nestor Almendros, le musicien Georges Delerue, le photographe Pierre Zucca, le scénariste Bernard Revon, les comédiens Delphine Seyrig et Charles Denner.

Condamné au silence par la maladie, l'interprète de *L'homme qui aimait les femmes* disparut lui aussi un dimanche. Dans les hôpitaux, c'est un fait, on meurt davantage ce jour-là. Les hécatombes routières n'expliquent pas tout. Les grands malades, les suicidaires aussi, lâchent prise, accablés par la perspective d'une semaine supplémentaire de souffrance.

Sombre dimanche, Les enfants s'ennuient le dimanche, Je hais les dimanches. Du jour vide, les chansons disent l'épouvante. Réunions familiales, sportives, embouteillages, bricolage, jardinage, la vie fait relâche mais la mort ne prend jamais son dimanche.

Le titre du roman de Charles Williams – *The Long Saturday Night* – suggère une nuit blanche de série noire. Celui du film, *Vivement dimanche !,* l'impatience du repos dominical. À moins qu'il ne s'agisse du « grand sommeil ». En baptisant son dernier *opus,* Truffaut aurait dû se méfier, lui qui admirait tant le livre ultime d'Audiberti, journal de sa maladie, *Dimanche m'attend* : « Je tiens mon journal. Il me tient. » Fatalement, Audiberti était mort un dimanche.

Une sourde anxiété le dimanche soir ne me

quitte plus depuis mes années de pension et les retours en autocar. Pour déjouer l'échéance, je simulais fièvres ou nausées. Apitoyée, ma mère m'accordait quelquefois un sursis. Alors, lundi à l'aube, porte de la Villette, départ en bus régulier avec les travailleurs immigrés du futur aéroport de Roissy.

En 1966, dans son journal de *Fahrenheit 451*, Truffaut anticipait mes cafardeux dimanches : « Pendant une heure, les Champs-Élysées, l'envie très forte de ne pas revenir à Londres et le sentiment de tristesse d'un retour au collège. » Il avait regagné la France pour filmer les séquences du monorail – Audiberti, encore.

Il est trop commode de détecter après coup les signes prémonitoires de la fin. Mais ici rôde l'ange du bizarre. Sa maladie, longtemps avant, François l'avait nommée, exactement. Oncologie du cinéma.

Dans *Une belle fille comme moi*, tourné en 1972, Charles Denner enfiévré justifie sa vocation de dératiseur, à la manière de Truffaut sa vocation de cinéaste : « Il y a des petits garçons qui ne savent pas ce qu'ils feront dans la vie. Moi, dès l'âge de neuf ans, je voulais être dératiseur, et je le suis devenu. Voyez-vous, dans cette maison, seul le grenier est touché. Et si je n'interviens pas, toute la maison peut pourrir par la tête. Vous imaginez ? Un cancer au cerveau... »

Après le diagnostic, l'opération. Dans *Jules et Jim* – interprété par Rezvani, auteur du *Tourbillon de la vie*, la chanson du film –, un blessé de guerre inspiré d'Apollinaire raconte : « Quand je me suis réveillé et que j'ai vu le chirurgien fouiller dans mon crâne, j'ai pensé à Oscar Wilde : "Mon Dieu, épargnez-moi les douleurs physiques... les douleurs morales, je m'en charge." »

La maladie révèle l'évidence qu'on voudrait nier. Et c'est humain. Songer à tout moment que nous sommes mortels serait invivable. Coupée au montage, une séquence du *Dernier Métro* montre un cinéaste proposant un scénario à Marion-Catherine Deneuve. Il sait qu'il ne verra jamais le film, il est condamné : « Depuis que les médecins m'ont dit la vérité, j'ai l'impression qu'on veut me forcer à quitter un spectacle avant la fin de la représentation. C'est extrêmement inconfortable. [...] J'ai compris seulement depuis quelques jours ce que c'est que la mort. Enfin, comment elle se concrétise : la mort, c'est un tas de vêtements vides. »

Le constat dénie tout recours métaphysique. Pour Truffaut, celui qu'on appelle Dieu n'était pas au programme. Le cinéma et rien d'autre. Il nous faudrait rechercher la consolation du deuil ni dans les églises ni sur un divan mais sur un écran.

Cocteau détectait, la formule a fait florès :
« Le cinéma filme la mort au travail. » Et la
mort travaille le cinéma. L'invention des images
animées a coïncidé en Occident avec le déclin
des rites mortuaires. Au tombeau, se substituait
la salle obscure. Au culte des défunts,
celui des ombres projetées.

Ainsi, le 30 décembre 1895, le journal *La
Poste* rendait compte de la première projection
du Cinématographe Lumière :

« Lorsque ces appareils seront livrés au public,
lorsque tous pourront photographier les
êtres qui leur sont chers, non plus dans leur
forme immobile, mais dans leur mouvement,
dans leur action, dans leurs gestes familiers,
avec la parole au bout des lèvres, alors la mort
cessera d'être absolue. »

Suspendre le temps, figer les paysages et les
visages. À jamais toujours. Le mirage d'immuabilité
était mien. Rester englué dans la maison
natale, ressusciter sur l'écran le père perdu,
écrire à Marlene Dietrich, à François Truffaut,
traverser le miroir, accéder au royaume des ombres.
Cinéphilie, nécrophilie.

Et les fantômes vinrent à ma rencontre...

Nous entretenons avec nos morts des rapports
égoïstes. Le scandale, c'est moins leur dis-

parition que notre survie. François m'a quitté. J'enrage de son absence. Comment aurait évolué notre histoire ? Il y aura toujours l'incertitude. Et le manque. Inguérissable. Ni avec lui ni sans lui.

Certains jours gris, je n'ai pas la sensation d'être au monde. Je fais comme si, sans trop y croire. À quoi bon, s'il n'est plus là ?

En présentant *La Chambre verte*, il remarquait : « Chaque année, il nous faut rayer des noms sur le carnet d'adresses de notre agenda, et il arrive un moment où nous nous apercevons que nous connaissons plus de morts que de vivants. »

Je consulte mes vieux agendas. Dans les années qui ont suivi sa disparition, j'ai maintenu ses coordonnées à la lettre T. J'ai fini par les déplacer à la lettre F comme Films du Carrosse. En 1989. J'étais père.

Au cours des mois précédant sa maladie, jamais nos contacts n'auront été si fréquents.

Le 4 mars 1983, nous nous rencontrons à une projection de *Fanny et Alexandre*. Il préfère s'installer seul dans un recoin du Gaumont Champs-Élysées. Le rite bergmanien ne supporterait pas de témoin : « Ne m'en veuillez pas, il y a des films qu'on attend comme un rendez-vous amoureux... » À la fin de la séance, derniers à quitter la salle, nous nous séparons sans avoir échangé un mot.

Le 25 avril, à six heures moins dix, je rejoins rue Marbeuf une étudiante américaine. Dix minutes plus tard, nous sommes reçus aux Films du Carrosse. Nous venons remettre à François son portrait réalisé par le père de la jeune fille – cette photo, le visage du cinéaste que masque le nuage d'un havane, je la retrouverai, quinze ans plus tard, parmi les rares qui ornent le bureau de Madeleine Morgenstern.

J'assure la traduction, le français de la visiteuse étant aussi rudimentaire que l'anglais de notre hôte. Bras croisés, il nous observe en soupçon amusé. Le petit voisin serait-il venu présenter sa petite amie ?

Le dimanche 15 mai, nous nous croisons au festival de Cannes. Dévalant un escalier aux côtés de Jacques Doniol-Valcroze, il me fait part, sur un ton qui ne souffre aucune discussion, de sa solidarité avec Robert Bresson. Le matin même a été projeté *L'Argent*, objet d'une cabale imbécile.

On essuie les plâtres du bunker. Venu rendre hommage à André Bazin, François ironise : « Nous sommes dans la salle Debussy pour célébrer Bazin... je suppose que la salle André Bazin est occupée par un festival Debussy... »

Ce jour-là, le photographe Xavier Lambours exécute un terrible portrait de Truffaut, sosie saisissant d'Elie Wiesel, échevelé, égaré, laissant présager le pire.

Je sais la vénération qu'il voue à Chaplin. Cinéaste autobiographique selon lui, « le seul à avoir si bien filmé la faim parce qu'il l'avait connue ». Le 23 juin, à l'Empire, dix heures du matin, je l'ai convié à une projection de *Chaplin inconnu*, montage d'archives et de chutes inédites. La candeur de François m'attendrit, il s'esclaffe des coups de pied au cul décochés par Charlot. Mais le perfectionnisme délirant du cinéaste le fascine : dominé par sa créature, le créateur tâtonne, des semaines, des mois, reprend cent fois un gag finalement supprimé.

Il me raccompagne dans sa décapotable. Nous commentons les films que nous avons vus récemment. Il ne partage pas mon goût pour *Mais qui a tué Harry ?* : « Les histoires où on promène un cadavre, ça ne m'amuse pas du tout ! » La farce macabre d'Hitchcock sera pourtant le dernier film qu'il aura la force de voir en salle. Le premier dont, tout jeune cinéphile, il avait noté le nom du metteur en scène s'intitulait *Le mort qui marche*.

Nous voici dans son parking, au sous-sol d'un building, avenue George-V. Je lui révèle qu'ici même se trouvait une école animée par des religieuses. Mon père m'a retiré du jardin d'enfants, on voulait me forcer à écrire de la main droite. Je devais y revenir, embrigadé chez les louveteaux. Nous avions là notre local, j'y ai commis mon premier vol – un album de *Bicot, Le Club des Ran Tan Plan* – et, manipulant des allumettes, provoqué un début d'incendie.

François me demande en quelle année je jouais avec les livres et le feu : « 67 ? Ah, c'était trop tard pour vous confier un rôle dans *Fahrenheit*, mais un peu tôt pour les émeutes du Quartier latin... »

À la sortie du parking, il insiste pour m'inviter à déjeuner. À notre brave boulangerie, il préfère Joseph, un établissement compassé, aujourd'hui disparu, qu'il fréquente, au carrefour des rues François-Ier et Pierre-Charron. Le maître d'hôtel lui sert son menu habituel, steak, eau minérale. J'ai osé commander un turbot sauce hollandaise mais je me prive du chablis tentateur.

Ce boulimique de travail était un ascète de l'assiette. Le temps passé à table lui semblait perdu. Il voyait les repas prolongés, l'attente entre les plats « comme une concurrence déloyale au cinéma ». Un restaurant du quartier reste toutefois associé à son souvenir. Au Val-d'Isère, fondues savoyardes, il avait tourné le finale de *La Peau douce*, séquence d'homicide conjugal. C'était une exception. Dans ses films, comme d'autres cinéastes ellipsent les scènes d'amour, il sautait les repas. Ses maîtres, Welles, Renoir, Hitchcock, étaient réputés à la ville comme à l'écran pour leur coup de fourchette. Chez Truffaut, on fait maigre : biscotte, yaourt, mandarine. À la rigueur, il tolérait les petits déjeuners, en raison de la proximité du lit.

Cette diététique vision du monde – je doute que sa mère l'ait allaité avec tendresse – transparaît dans un portrait qu'il fit de Jean-Pierre Léaud en mars 1983 : « Personne ne critique jamais les bons gros, toujours plausibles en patrons de bar, chauffeurs de taxi, adjoints au maire. Les fanatiques de la vraisemblance concentrent leurs critiques contre les comédiens maigres, aux joues creuses et à la chevelure en bataille, les acteurs bressonniens que leur introversion fait s'exprimer comme des ventriloques douloureux. Contrairement aux bons gros culottés, les acteurs maigres ne dissimulent pas leur peur ni un léger tremblement dans la voix, ce ne sont pas des dompteurs mais des indomptables. Quelle tentation s'offre alors aux descentes de lit qui se prennent pour des lions de mordre les chevilles des acteurs somnambules. »

Il renouait avec sa rage de polémiste, mise en veilleuse depuis qu'il était passé derrière la caméra. Derrière mais aussi devant. Ce vibrant plaidoyer pourrait s'appliquer à ses propres prestations, acteur « somnambule » à la voix blanche, comme on l'a dit justement des interprètes de Bresson. Vraiment rien ne préparait ce pseudo-timide à jouer dans ses films ou à figurer dans *Rencontres du troisième type*. Il prétendait qu'un comédien, notamment dans *L'Enfant sauvage*, aurait fait obstacle entre l'enfant et lui. Les comiques préfèrent se diriger eux-mêmes, mais ce n'était pas son registre. Il ne jouait d'ailleurs pas. Fébrile, atone, il s'exposait, à nu, en première ligne, face à la caméra, « comme une lettre écrite à la main ».

Si un autre avait interprété les rôles d'Itard puis de Ferrand, notre rencontre eût-elle été aussi foudroyante ? Sans doute ses films m'auraient touché, mais n'ai-je pas été séduit par sa présence intense à l'écran ? Séduit, oui.

Comme au premier jour, nos silences en disent plus que les mots. Ce déjeuner célèbre la fin d'un cycle. Notre relation, pour moi fondatrice, arrive à maturité. Valse lente, les années d'apprentissage sont révolues. Il s'agit de tenir mes promesses. Je vais abandonner le journalisme pour écrire, à l'initiative de Lelouch, mon premier scénario. François, défenseur du mal-aimé *Édith et Marcel*, me demande, petit sourire : « Il y aura de l'accordéon ? » De bonne foi, je réponds non – il y aura de l'accordéon.

Il ne m'en veut pas, pas trop, d'inaugurer avec un autre cette voie qu'il m'a tracée. Comme pour me prémunir, il m'expose sa méfiance vis-à-vis des scénarios bien huilés : « Je suis persuadé qu'à la lecture de *To be or not to be*, on devait se dire : c'est invraisemblable, ça ne tient pas debout. J'admire les films qui ont le courage d'être absurdes sur le papier, en sachant que le déroulement sur l'écran leur donnera raison. Le cinéma a sa logique propre... »

Le cinéma encore et toujours. En cette utopie, ce « n'importe où hors du monde », nous nous étions rencontrés.

J'en ai fini avec les obligations scolaires, militaires, familiales. Pour moi la vie va commencer. Elle n'a de sens qu'avec lui. D'un garçon éperdu, il a accompagné la mue. Durant ces neuf années, il m'a fait travailler mon rôle.

La représentation n'aura pas lieu.

Truffaut serait très malade. En septembre 1983, la rumeur court parmi les spectateurs d'une projection de presse. Je n'en crois pas un mot, mais téléphone à Josiane Couëdel. La fidèle-fidèle secrétaire du Carrosse me parle d'une « rupture d'anévrisme » en des termes lénifiants. Rien de grave. De sorte que le 9 octobre, après son opération, j'adresse au convalescent une carte postale dont l'humour gaffeur et morbide me fait honte rétrospectivement :

> Ravi et soulagé que les médecins vous aient rendu à la vie civile (je n'emploie pas ce terme tout à fait au hasard, car cette boule à zéro, que je suppose, a dû vous ramener brusquement trente ans en arrière, du temps de votre villégiature forcée chez les militaires !). J'espère qu'aux heures les plus difficiles, le souvenir d'Audiberti vous aura maintenu le moral au beau fixe. Au fond, de *Vivement dimanche !* à *Dimanche m'attend*, la nuance est infime et la malice égale... Je suis persuadé que ce séjour à Neuilly précipitera et multipliera vos projets.

Je ne m'étais même pas interrogé sur la raison de son crâne rasé. Je saurais plus tard qu'il avait été trépané. Et, Apollinaire, 14-18, boucherie en gros, il me serait insupportable de l'admettre.

Son été 1983 s'annonçait radieux : la sortie de *Vivement dimanche !*, l'écriture de *La Petite Voleuse*, la naissance d'une petite fille. Il ressent les premiers symptômes de sa tumeur au cerveau le 12 août à Honfleur. Ici, il avait filmé et interprété le solitaire hanté par les morts de *La Chambre verte*.

Sur cette côte normande, au même moment, j'élaborais avec Lelouch le scénario de *Viva la vie*. Nous avions imaginé que notre personnage principal subirait – plus précisément simulerait – une trépanation. Nous nous étions rendus dans un hôpital pour assister à un scanner du cerveau, type d'examen dont j'ignorais tout. Apprenant par la suite ce que François avait enduré, je me sentis coupable d'une coïncidence maligne.

On ne joue pas impunément avec la fiction. C'est la maxime de Michel Simon dans *Drôle de drame* : « À force d'écrire des choses horribles, les choses horribles finissent par arriver. »

Dix ans plus tard, j'aurai à subir un scanner. Le professeur P. diagnostiquerait une sévère hypocondrie. Hasard « bizarre bizarre », c'était le neurochirurgien qui avait opéré Truffaut.

Malgré la maladie, ou pour la conjurer, il voulut envisager un nouveau projet, l'adaptation de *Nez-de-Cuir*. Comme l'a remarqué Gérard Depardieu qui devait en être l'interprète, c'est « l'histoire d'un homme qui a un trou dans la tête ».

François ne buvait pas d'alcool, sinon, rarement, du champagne. Le vigneron Depardieu aurait su peut-être le convaincre de se taper une fillette. L'été dernier, égaré dans les parages de la gare de Lyon, j'ai découvert que le cinéaste a maintenant sa rue sur l'emplacement des anciens entrepôts de Bercy. La rue de Chablis, la place Saint-Estèphe rappellent quelle fut la destination du lieu. Remodelé en parc paysager, on y a greffé les noms de célébrités, tirées d'un chapeau : rue François-Truffaut, rue George-Gershwin, laquelle débouche rue de Pommard. Il est possible que le francophile compositeur d'*Un Américain à Paris* ait apprécié les grands crus de Bourgogne, mais cette voie de garage est indigne.

Marcel Aymé a sa place à Montmartre où il vécut et qui fut le décor de ses nouvelles. Mais François ? À quoi rime un exil dans ce XIIe arrondissement que rien ne justifie, ni dans sa vie ni dans ses films ? Ce non-lieu ne cessait de m'intriguer. Une biographie de Gershwin me permit d'achever la figure. Le compositeur était mort le 11 juillet 1937. Un dimanche. D'une tumeur au cerveau.

Truffaut avait mimé sa mort dans *La Chambre verte*. Qu'elle advînt était inconcevable. Ses proches avaient organisé une conspiration du silence, et lui-même préférait ne pas nommer un mal dont il redoutait le caractère inexorable. Respectant la consigne, la secrétaire gardait le secret. Pour ceux qui n'étaient pas du premier cercle, le Carrosse entretenait l'illusion d'une convalescence longue mais favorable.

Son mutisme persistant finit par m'inquiéter. Je me décidai, le 31 décembre, à lui écrire une lettre fleuve. Je l'informais de mes travaux de scénariste débutant et lui rappelais les étapes de notre relation depuis 1974, en concluant : « Prenons d'ores et déjà rendez-vous épistolaire pour 1994. Nous fêterons alors nos "vingt ans après" ! » J'y croyais.

Le 27 février 1984, il m'adressa un signe de vie :

> Mon cher Jérôme. Votre lettre récapitulant l'histoire de notre amitié m'a beaucoup touché, d'autant plus que mon état de santé me conduit beaucoup ces temps-ci vers les récapitulations.
>
> Enfin, je remonte la pente et j'en arrive à un moment où je me sens plus disponible. Je vous propose donc de me téléphoner, soit au Carrosse, soit chez moi, afin que nous trouvions un jour deux heures pour bavarder ensemble. Amitiés, françois.

Il avait présumé de ses forces. La rencontre tant espérée serait ajournée plusieurs fois.

Sur mon agenda, au jeudi 19 avril : « 17 heures FT Carrosse ».

Il est devenu quelqu'un d'autre.

Le regard éteint, le sourire mécanique, les

cheveux ras et blanchis m'accablent. Comme il a l'air vieux tout à coup.

Il tient des propos lucides, parfois enjoués, mais un ressort s'est brisé. Présent-absent, un petit garçon piégé à un repas de grandes personnes. Un temps de réaction différé. Il s'efforce de soutenir la conversation. Sa fatigue est visible. Je le ménage. Avec insistance, comme si j'étais censé le connaître, il me parle d'un mystérieux docteur « Lebo ».

Il s'agissait probablement du docteur Lebeau, qui avait traité naguère le fils d'une actrice et amie de Truffaut, victime d'un accident de voiture. Ce garçon étant lui aussi prénommé Jérôme, le cerveau malade de François se sera embrouillé.

Quant à moi – dialogue de sourds –, cédant sur le moment à une autre association d'idées, je n'entends pas Lebeau mais Lebo, tel le surnom de son ami producteur, Gérard Lebovici. Un voisin du Carrosse, lui aussi. Il aurait longtemps ses bureaux rue Marbeuf, où il avait passé une enfance stigmatisée par l'étoile jaune. Il vient d'être assassiné. Quatre balles dans la tête. Un « François » noté sur un papier, dans une poche de la victime, mobilise les enquêteurs. Il ne s'agit pas du cinéaste. Lebovici et lui ont produit *Vivement dimanche !* En prologue, une scène d'une rare violence dans le cinéma de Truffaut : un coup de feu tiré en pleine tête.

La veille de nos retrouvailles est sorti *Viva la vie*, titre de circonstance. François le mentionne, sans s'attarder. L'objet coutumier de nos conversations n'est pas à l'ordre du jour. Il s'abstient cette fois de dire : « La vraie vie, c'est le cinéma... » Nous n'en sommes plus là. On s'en tient à l'essentiel.

L'une de mes récentes lettres évoquait, allusivement, mes liens avec une jeune femme travaillant pour une maison de vente. La correspondance de Proust à sa mère passait aux enchères. Me doutant que François souhaiterait en prendre connaissance, je l'ai invité à contacter mon amie.

À ma grande surprise, il me questionne. Où en suis-je avec elle ? Nulle part, je n'ai pas osé me déclarer. Je suis tenté de le faire prochainement. Elle doit séjourner à la montagne et je compte l'y rejoindre. Mais je ne sais si le contexte est opportun, elle sera là-bas en convalescence, elle vient de subir une grave opération. L'attention de François s'aiguise. Comme tout malade, il s'intéresse à la maladie. Il me demande encore : « Je ne voudrais pas être indiscret, mais... »

Je me défausse par une phrase d'Henri-Pierre Roché : « Il y a pour chaque homme une femme unique, créée pour lui, qui est sa femme... » Je m'interromps, ne me souvenant plus de la suite : « ... il peut mourir, il peut ne jamais la rencontrer, il peut être marié à une autre, mais elle est sa femme. »

François sourit un peu tristement, esquisse un geste, comme pour signifier : alors, vous savez ce qui vous reste à faire.

Il tient à me raccompagner à la porte. Il y a dix ans, s'était déroulée ici notre première rencontre. Je ne me doute pas que c'est aujourd'hui la dernière. Notre cérémonie des adieux. Nous nous serrons la main :

« À bientôt, François.

– Oui oui... à bientôt. »

Dans l'escalier, je me retourne : la porte du Carrosse se referme doucement.

En mai, j'irais sur la montagne magique. Pascale me dirait non. Puis oui. Nous aurions deux filles. Elles ouvriraient les yeux dans l'hôpital où François avait fermé les siens.

Le 10 novembre 1958, premier jour de tournage des *Quatre Cents Coups*, Truffaut se rend au chevet d'André Bazin, son maître, agonisant. En 1984, le premier film auquel je collabore sort sur les écrans, et je suis affligé. Un guide m'encourage à ascensionner la paroi. J'y parviens. Le guide a dévissé.

Féru d'alpinisme, Roland Truffaut ne put jamais convertir son fils adoptif à l'escalade. Bien que la hantise de la chute revienne souvent dans ses films, François ne souffrait pas de vertige. Seulement au cours de sa maladie. Et, sanction pour lui abominable, il dut renoncer aux escabeaux de bibliothèque.

Les lieux sont hantés. En 1990, j'avais loué un appartement sur les hauteurs de Cannes pour travailler au calme. Situé à un étage élevé, ce refuge exacerbait mes crises de vertige. Je n'osais plus sortir sur la terrasse. Je finis par réaliser que Truffaut avait tourné ici même une scène de *La mariée était en noir*, la Némésis précipitant sa première victime dans le vide. En effet, le dénommé « Bliss » glisse.

Pour une séquence de *L'Argent de poche*, la défenestration miraculée du « petit Grégory » – le nom prendrait une autre résonance –, il fallut grimper au sommet d'un immeuble. J'avais suivi l'équipe sans hésiter. Le vertige me saisit tandis que j'escaladais l'échelle d'incendie. Cramponné aux barreaux, j'étais tétanisé. Là-haut, François me couvait d'un regard inquiet. Il finit par se caler sur l'échelle et me tendit la main pour me hisser jusqu'à lui.

J'attendis le 17 juin 1984 pour lui écrire, invoquant, de nouveau pesamment, les mânes d'Audiberti. Le dimanche précédent, la « femme unique, créée pour moi » m'avait fixé rendez-vous à Saint-Sulpice – l'une des chapelles, décorée par Delacroix, revient en leitmotiv dans *Dimanche m'attend* :

> [...] J'ai pensé à Audiberti et, donc, j'ai pensé à vous. Voyons-nous si vous le désirez. Je me propose de vous téléphoner en fin de semaine. Toute mon amitié. Jérôme.

Il n'y aurait pas de réponse. Plus jamais.

Il était revenu auprès de Madeleine, sa femme. Le dimanche 7 octobre, je me risquais à appeler chez elle pour prendre des nouvelles.

J'avais l'illusion que la mort était une maladie curable. Pas un instant je ne soupçonnais que l'échéance redoutée fût imminente. On ne sait pas entendre les mots. Comment imaginer une princesse soignant sa mélancolie à « Balmoral » ? Comment croire à la vie quand on vous annonce : « Tumeur » ?

Le travail qui m'occupe chaque jour suppose que je sache sonder les reins et les cœurs, maîtriser d'infimes nuances psychologiques. Mais je témoigne d'un aveuglement navrant dans la « vraie vie ». Assiégeant sur les cimes ma future femme, je ne vois pas, ou ne veux pas voir, qu'elle est déjà fiancée. Lorsque ma mère est éviscérée, ne m'effleure même pas le soupçon du cancer, mot tabou dans le service hospitalier.

C'est Laura qui me répondit. Elle me remerciait d'avoir téléphoné mais, non, son père se sentait trop fatigué pour me parler – en fait, il était retourné à l'hôpital et n'en sortirait plus vivant.

L'été précédent, on projetait *La Mort aux trousses*, j'avais rencontré Laura à la Cinémathèque. Elle vivait désormais sur la côte ouest des États-Unis et avait renoncé au cinéma pour l'enseignement. Quoiqu'elle fût accompagnée de son mari américain – dans *L'Argent de poche*, elle faisait une apparition prémonitoire en jeune épouse d'un GI –, j'étais ému de la revoir. Elle se montra froide et distante. J'en fus très affecté. Quand tout serait fini, elle m'écrirait :

> [...] J'espère que tu ne m'en veux pas de t'avoir menti lorsque nous nous sommes parlé au téléphone au début d'octobre. J'ai vécu toute cette année sous le signe du chagrin et du mensonge, c'est bien sûr aussi la raison pour laquelle je n'ai pas été particulièrement amicale quand nous nous sommes rencontrés cet été à la Cinémathèque. Papa t'aimait beaucoup et ton nom revenait souvent dans nos conversations. À la fin, si tu n'as pas pu le voir ou lui parler, ce n'est pas parce que nous faisions « barrage » autour de lui mais, malheureusement, parce

que les visites l'épuisaient, physiquement et morale-
ment. [...]

En cet octobre noir, Pascale et moi hésitions
à prendre un appartement au 112 de la rue
Truffaut – jadis, le docteur Itard avait vécu et
hébergé le petit sauvage aux Batignolles – et
emménagerions finalement dans le IXe arrondissement. Je désertais mon VIIIe pour rallier le
quartier natal de François. Déracinement traumatique.

Grandir, c'est quitter le pays de l'enfance. Le
petit voisin a osé déménager. Il n'est plus voisin
mais encore bien petit. Il éprouve aussitôt le
sentiment d'avoir transgressé un interdit. En
proie à une terreur ancienne, il se persuade
que son départ en a précipité un autre, celui-ci
sans retour. Il retrouvera le pays de l'enfance
dévasté. Des fantômes et des ruines.

Le dimanche, nous faisions le marché rue
des Martyrs. Au numéro 21, en fond de cour,
on voyait le pavillon où Léautaud avait passé sa
prime enfance, élevé par des nourrices et vaguement par son père. Sa mère avait décampé
trois jours après sa naissance. Il la retrouverait
vingt-neuf ans plus tard. Brève rencontre, pas-
sionnée, quasi incestueuse, dont il tira aussitôt
un profit littéraire.

Le roman de Léautaud avec sa mère fascinait

Truffaut. Il y projetait d'intimes et crues résonances. Il lui fallait passer par un médiateur pour oser les dire. Il avait rêvé d'adapter *Le Petit Ami*. En exergue du premier chapitre, figure une phrase de Madame de Staël : « Il n'y a dans la vie que des commencements. »

Ruptures mutilantes, inéluctables, mais, dit-on, nécessaires.

Un arrachement violent. Ce n'est pas le réveil qui sonne mais le téléphone. Je reconnais la voix de l'infirmière de garde : « Ça ne va pas bien... il faudrait que vous veniez. » Au lieu de me précipiter, je prends le temps d'une douche. Ne pas obtempérer servilement quand le *fatum* vous siffle. Sous le jet tiède, un sursaut de culpabilité me glace. Et si, à l'instant même ? Non, l'infirmière eût été plus alarmante.

Un taxi en pilotage automatique. Feux, tunnels, banlieues, même itinéraire matin et soir depuis des semaines. L'hôpital, vaisseau de briques échoué en bordure du périphérique. Usine à naître, souffrir, mourir, dormir.

Bâtiment B, quatrième étage, l'odeur écœurante du petit matin, café et détergent. Nous nous dirigeons avec mon frère vers la chambre 11. L'infirmière en chef s'interpose. Nous expliquons : on nous a téléphoné, notre mère ne va pas bien. Elle nous rétorque, presque machinalement : « Votre mère ? Elle est décédée cette nuit. »

La brusquerie de l'annonce nous assomme. Nous voulons accéder à la chambre, la femme en blanc nous retient : « Non, on ne pouvait pas la laisser. On l'a transférée en bas. » Je devine, à la morgue. Un soir, dans les sous-sols, j'ai entrevu la banalité du lieu : pièce carrelée de blanc, casiers métalliques. Nous déclinons la proposition d'aller nous recueillir sur la dépouille, extraite d'un tiroir coulissant, rigidifiée, les paupières closes. L'infirmière n'insiste pas : « Pour les formalités, on vous dira. » Déjà, elle retourne à d'autres tâches.

Nous sommes statufiés devant la chambre. Claquements de portes, voix tonique : « Bonjour, comment ça va ce matin ? » Une gentille fille chargée des soins entre dans la 11, s'étonne : « Elle n'est plus là, la petite dame ? » Dans l'entrebâillement, nous pouvons apercevoir ce qui fut la dernière couche de notre mère. Ne reste que le drap du dessous, on aura utilisé l'autre comme un suaire.

Les circonstances du décès sont obscures, les explications embarrassées. Nous soupçonnons une bavure médicale. Il faudrait, là, tout de suite, porter plainte contre X, autoriser une autopsie, engager une longue procédure à l'issue incertaine. Nous n'en avons pas le courage. Aujourd'hui encore, je me le reproche.

Nous échouons dans la salle réservée aux visiteurs, fauteuils en Skaï marron, murs verdâtres, néons grésillants. Bernard s'abandonne dans mes bras. Je reste sec, incapable d'extérioriser ce que je ressens.

Juste avant d'entrer à l'hôpital, ma mère enterrait sa plus proche amie, chue dans le vide. Un an plus tôt, l'une et l'autre unissaient leurs enfants, ma femme et moi.

« Elle n'est plus là, la petite dame ? » Il aura suffi d'un mois pour que son état de santé décline. Jusqu'à la supprimer du nombre des vivants.

Je repense aux derniers jours.

Elle a été transférée en unité de soins intensifs. Elle est sous respirateur artificiel. Une trachéotomie fore sa gorge. Elle ne peut plus parler. La bouche n'émet que des sons rauques. Je n'entendrai jamais plus la voix de ma mère.

Assis à son chevet, je contemple ce corps démissionnaire et martyr qui m'a donné la vie. Elle ouvre les yeux, me tend la main. Je dois surmonter ma répulsion, la perfusion piquée dans la veine a provoqué un hématome violacé. Je ne sais que lui dire, ébauche de pieux mensonges : tout ira bien, elle n'en aura pas pour longtemps. Je regrette aussitôt la maladresse de la formule.

Pour communiquer, elle utilise un bloc-notes. Aux sourires rassurants du fils, que son regard infirme, la mère oppose par écrit des demandes dérisoires : reporter un rendez-vous chez le coiffeur, régler sa note de gaz.

Ce soir-là, je la découvre excessivement agitée. En tremblant, elle griffonne quelques mots. Du regard, d'une pression de la main, elle souligne ce message comme une chose essentielle. Je n'ai pas le cœur d'avouer que je ne parviens pas à déchiffrer ses hiéroglyphes. Je feins d'avoir compris, promets de m'en occuper. Pas dupe, l'alitée se débat, en proie à une colère muette. Elle m'arrache le bloc-notes, trace des signes encore plus informes.

Je prends congé comme on prend la fuite Je ne la reverrai plus vivante.

On meurt toute sa vie. On vit rarement toute sa mort. Quand on a toujours planifié son temps, on voudrait en maîtriser le terme. Mais on doit le subir, dépossédé de soi par une médecine technicienne qui s'acharne, considère le trépas comme un échec.

« Mon Dieu, épargnez-moi les douleurs physiques... les douleurs morales, je m'en charge. » François en eut-il la vaillance sur son lit d'agonie ?

L'enterrement dont il voulut régler les moindres détails, son ultime mise en scène, serait annoncé dans *Le Monde* : « L'inhumation des cendres aura lieu le mercredi 24 octobre 84 à 15 h 30 au cimetière de Montmartre, 20, avenue Rachel, Paris XVIIIe, où l'on se réunira. Cet avis tient lieu de faire-part. »

C'est un 24 octobre, déjà, que l'enfant « né de père inconnu » avait été reconnu par Roland Truffaut. Ce nom, le nom d'un autre, s'inscrira sur sa tombe.

Dans *Vivement Dimanche!*, Jean-Louis Trintignant dit à Fanny Ardant : « C'est curieux, la mort, vous ne trouvez pas ? Quand les gens meurent de maladie, c'est cruel, c'est injuste, mais c'est vraiment la mort. Quand ce sont des crimes, des meurtres, des assassinats, la mort devient abstraite, comme si la solution du mystère passait en priorité. »

La mort de François Truffaut, « c'est vraiment la mort ». La véhémence de l'événement me laisse stupéfait. Au cimetière, le flottement d'un mauvais rêve. Pour la cérémonie, je me suis acheté un pardessus bleu nuit. Ce manteau a quelque chose de russe.

Comme tous ceux venus escorter leur cinéaste de chevet, je ne peux m'empêcher de songer aux obsèques de *L'homme qui aimait les femmes*. Dans une séquence, l'impénitent séducteur console une fillette en pleurs et calcule qu'elle aura dix-sept ans en 1985 : « J'avais l'impression d'avoir pris une sorte de rendez-vous, d'option sur l'avenir. On ne sait jamais. »

En 1985, François ne sera pas au rendez-vous.

Il est mort à cinquante-deux ans.

« Est-ce mourir jeune ? Est-il jamais temps de mourir ? Je me suis demandé pourquoi sa mort nous était apparue plus injuste, plus cruelle qu'aucune autre. Si vous parlez de lui, vous évoquez sa pureté, sa naïveté, sa générosité sans détour, son ignorance du mal. Cela qui est l'âme d'un enfant. Et peut-être avons-nous cru, dans notre monde vieilli, voir mourir un enfant. »

Ces mots de Jean-Denis Bredin, prononcés en 1966, célébraient mon père, disparu au même âge que Truffaut.

Il existe aussi un tragique de répétition.

C'est la première fois que j'assiste à un enterrement. Il me semble avoir manqué un épisode. De l'homme foudroyé mais debout que j'ai quitté au printemps, ne reste qu'une poignée de cendres. Il a été incinéré deux heures plus tôt au crématorium du Père-Lachaise.

Impossible, décidément, d'échapper aux réminiscences de ses films – lui-même, peut-être, l'a prémédité. Comme à la fin de *Jules et Jim*, on apporte une petite boîte contenant l'urne. On croirait le cercueil d'un enfant. Ou d'un nain.

François détestait Walt Disney, en interdisait films et jouets à ses filles. Au cours de sa maladie, il leur révéla que, petit garçon, le nain Simplet de *Blanche Neige* fut son jouet préféré. « ... Ro-se-bud... »

Dans la foule, marée ondulante, je reconnais

des amis. Sans un mot, nous nous frôlons, voués à une erratique solitude.

Nous avons perdu un repère.

La vie sans lui sera amère.

On défile devant la fosse béante. Les femmes et les enfants d'abord.

De la terre, non. J'aurais aimé l'ensevelir sous une pelletée de livres. « ... mais ce n'était pas permis. »

L'inique punition d'un cabinet noir conduit l'enfant sauvage à fuguer. Mais il n'a plus sa place dans la forêt primitive. À son retour, le raide pédagogue lui dit : « Tu n'es plus un sauvage, même si tu n'es pas encore un homme. Victor, tu es un jeune homme extraordinaire, un jeune homme aux grandes espérances. »

Cette formule, me dédicaçant un livre, Truffaut l'accolerait à mon nom : « ... jeune cinéphile/cinéaste aux grandes espérances... » Dans le roman de Dickens, en effet, un orphelin voit sa destinée illuminée par un mystérieux bienfaiteur.

En mars 1970, de retour au pensionnat, j'avais consacré à *L'Enfant sauvage* une rédaction – elle rejoindrait plus tard les archives du Carrosse pour que la boucle fût parfaitement bouclée –, récit simplifié, amputant la fin du film ·

> [...] Le docteur Hitard voulut voir si l'enfant se révolterait quand on le punirait injustement. Il demanda à Victor de lui apporter une clef et un couteau. Aussitôt dit, aussitôt fait. Le docteur : « Comment ! allez, au cabinet noir, Victor ! » Puis, il l'enferma. Deux minutes après, il ouvre et l'enfant le mord en criant. « C'est bien, Victor, c'est bien... » Fin.

J'avais, heureux lapsus, orthographié Itard *Hitard.* Hitchcock racontait à Truffaut l'anecdote d'un autre cabinet noir. Il a quatre ou cinq ans. Son père, qui le surnomme « ma petite brebis sans tache », l'envoie au commissariat de police, porteur d'une lettre. Le commissaire la lit et l'enferme dans une cellule en disant : « Voilà ce qu'on fait aux petits garçons méchants. »

Le maître confessait le trauma avec un trop malin plaisir. Mais la peur et la culpabilité qui hantent son œuvre ne font pas l'ombre d'un doute. Il n'eut de cesse en filmant d'élucider une tache originelle. Nanti d'un état civil qu'il soupçonnait falsifié, Truffaut en ferait autant, « portant concentré en lui-même le fardeau de sa perpétuelle inquiétude » – un extrait de *La Bête dans la jungle* qu'il avait communiqué aux *Cahiers du cinéma,* précisément en hommage à Hitchcock.

Du premier biberon au dernier râle, les contes nous permettent d'affronter la nuit. En place de la veillée au coin du feu, la télévision, folle du logis qui soliloque, anesthésie la désespérance. Le cinéma aide à vivre.

J'ai été adopté par un film. *L'Enfant sauvage*, je le mesure à présent, me fit sortir du cabinet noir. À onze ans, je n'ai pas vu un film projeté sur un écran. C'est moi qui projetais sur le docteur Itard une figure absente. *La Nuit américaine*, trousseau de clefs œdipiennes, cristallisait l'identification. En Ferrand, le metteur en scène, je reconnaissais le père symbolique du sauvage. Et je m'y étais soumis.

D'instinct, j'avais élu un cinéaste tourmenté par une quête que nous partagions. À une nuance près. Mon père était perdu, le sien était caché.

Il rapprochait parfois Antoine Doinel, l'incurable adolescent, de Tintin, ce héros qui ne peut pas vieillir. Graphiste de la « ligne claire » mais sombre angoissé, Hergé eut recours à la psychanalyse. Il était lesté à son insu d'origines brouillées, que le décryptage de ses albums allait révéler *a posteriori*.

À l'inverse, Truffaut eut l'intuition précoce d'un secret de famille dont il chercherait à lever le voile. Comme l'ont rapporté ses biographes, il s'était aperçu qu'on mentait sur sa date de naissance. Pour masquer que sa mère avait accouché d'un enfant illégitime. Il crut d'abord qu'elle n'était pas sa mère biologique, tant elle le traitait froidement : le « gosse » ou comment s'en débarrasser ? En examinant un agenda, le livret de famille, il finit par découvrir que Roland Truffaut était son père adoptif.

En 1967, il avait envisagé d'adapter un roman de René-Victor Pilhes. Le héros de *La Rhubarbe*, enfant bâtard, mène une enquête pour identifier son géniteur. L'année suivante, Truffaut ferait de même lors du tournage de *Baisers volés*, utilisant les services de l'agence Dubly qui l'avait aidé à nourrir le personnage de Doinel détective. On peut supposer aussi que, fidèle à sa méthode de travail, il voulait « vérifier par la vie » l'hypothèse romanesque : commanditer une enquête pour retrouver le père dérobé.

Une réclame pour l'agence Dubly figurait alors au verso des annuaires téléphoniques. Un détective chapeauté s'abrite derrière un journal, sur lequel on peut lire : « Enquêtes privées et commerciales. Recherches. Renseignements confidentiels. Filatures. Preuves. »

Le cinéaste obtint du rapport Dubly la confirmation que son vrai père n'était pas Roland

Truffaut mais pourrait être un M. Lévy, lui aussi prénommé Roland, dentiste installé à Belfort. François avait déjà entendu parler d'un étudiant en dentisterie dont sa mère aurait été l'intime. À l'exception de celle-ci, il avait questionné son entourage. Personne ne confirmait.

Dans *Baisers volés*, un client de l'agence de détectives devient fou furieux en apprenant que son petit ami s'est marié. Pour le calmer, on fait appel au dentiste de l'immeuble. Le praticien gifle le forcené, comme l'accoucheur un nouveau-né. La scène s'inspire d'un fait authentique collecté par les scénaristes de Truffaut. Malgré tout, l'apparition du dentiste pacificateur ne me paraît pas innocente. De telles révélations biographiques imprègnent forcément la fiction qu'on élabore.

Carl Dreyer avait mené une enquête analogue. À dix-neuf ans, quittant sa famille d'adoption, il avait tenté de retrouver la trace de sa vraie mère. Il dut se contenter d'un rapport d'autopsie. Trois mois seulement après l'avoir abandonné, à nouveau enceinte, et suite à une tentative d'avortement, elle était morte en avalant des pointes d'allumettes au phosphore, consumée : Dreyer filmerait Jeanne au bûcher. Dans *Ordet*, une mère morte en couches ressusciterait par la volonté d'une enfant et d'un illuminé : « Entends-moi, toi qui es morte, je te l'ordonne, lève-toi ! »

La mère de Truffaut meurt en août 1968. Le mois suivant, comme libéré, il se rend à Belfort pour approcher le père présumé. Une scène à la Simenon. Il épie ce monsieur âgé qui promène son chien tous les soirs à la même heure, hésite à l'aborder, renonce. Un détail l'a bouleversé : l'homme noue son foulard de la même manière que lui.

On peut s'étonner qu'un tel obstiné en soit resté là. Pour ne pas perturber la vie d'un inconnu, affirmait-il. Je crois plutôt qu'un doute subsistait. Il préférait ne pas ruiner par une « rencontre du troisième type » le roman familial qu'il avait, plus ou moins, fantasmé. Après tout, le rapport Dubly se fondait sur des éléments incertains fournis par le commanditaire lui-même. Une enquête plus fouillée aurait pu invalider le père caché – en raison de ses origines juives, Truffaut s'en était persuadé. La version revue et corrigée de son état civil lui convenait ainsi.

Comme souvent, il déplace et sublime au cinéma les épisodes de sa vie. Dans *L'Amour en fuite*, il reconstituera ce rendez-vous manqué. Vingt ans après *Les Quatre Cents Coups*, Antoine Doinel retrouve l'amant de sa mère. Il évoque celle-ci en des termes incongrus pour le jeune homme : « Ta mère était un petit oiseau... »

Chez Truffaut comme chez Léautaud, tout fait viande. Cette phrase lui avait été dite par le second mari de sa mère cependant qu'ils veillaient le corps de la défunte.

Tant qu'il n'avait pas identifié son géniteur, le cinéaste demeurait à hauteur d'enfant et s'était inventé un double, Doinel. Ayant levé le secret de sa filiation, il n'était plus fils de personne et pouvait devenir père de quelqu'un. Il l'incarnerait dans *L'Enfant sauvage*, significativement dédié à Jean-Pierre Léaud.

Quel qu'il fût, l'homme de Belfort arrivait trop tard. Son fils présomptif s'était déjà trouvé, choisi d'autres pères. André Bazin, mais aussi Roberto Rossellini, Max Ophuls, Jean Renoir. À ce dernier, le 13 novembre 1969, Truffaut écrivait :

> J'aurai toujours le sentiment que ma vie est liée à votre œuvre ; tout cela est mal expliqué dans cette lettre mais le serait encore plus mal de vive voix, l'essentiel étant de vous confier à quel point il m'a été nécessaire de me sentir de votre famille, dans le sens le plus réel du mot. J'ai l'impression d'en avoir dit trop ou trop peu, mais je sais que vous comprenez tout.

François lui aussi comprenait tout. Il avait deviné quel rôle je lui assignais. Une telle évidence qu'il eût été pléonastique de la nommer. C'est pourtant ce que j'ai osé. Il le fallait.

Dans son bureau, le 10 novembre 1975, avec l'hystérie de mes seize ans, je lui assène :

« Vous êtes pour moi comme un père. »

Au cinéma comme dans la vie, il privilégiait la formulation oblique : « Je n'aime pas que les choses soient directes. Dans mes films, on ne dit jamais "Je t'aime". »

La soudaineté de l'aveu le tétanise – mais, coup de force fondateur, scellerait notre relation.

Il marque un temps avant de me répondre, doucement : « Oui oui, je m'en doutais un peu... Mais, vous savez, j'ai déjà tant de filleuls, à droite, à gauche, je ne peux jamais les voir. Même mes filles, que vous avez rencontrées, je ne vis pas avec elles, je ne peux m'en occuper que le dimanche. Je ne les ai jamais vues autant que sur le tournage de *L'Argent de poche*. Plus on travaille, plus on est égoïste, c'est proportionnel. Aussi, je tente de repousser ce genre de choses... Moi, j'ai sacrifié ma famille pour me consacrer au cinéma, j'ai quitté ma famille pour entrer dans celle du cinéma. Jérôme, je suis désolé de ne pas... mais vous arrivez à un âge où on peut, on doit devenir autonome... »

Le père nourricier se dérobe.
Mais non. Il a entendu l'appel.
À la filiation, il substituera la transmission.

Après les aveux commence le mystère.

Jean Cocteau.

Docteur Truffaut laissait parfois surgir son Mister Hyde, mais, comme effarouché, le reléguait aussitôt au cabinet noir.

Le cinéaste qu'il interprète dans *La Nuit américaine* fait un rêve obsessionnel. Un petit garçon arpente une rue nocturne. En arrière-plan, une enseigne lumineuse, SURDITÉ. Ferrand porte un sonotone et François lui-même souffrait d'une déficience auditive. Tout laisse à penser que l'enfant est sourd. Pourtant – à cause de la canne qu'il manie pour décrocher des photos derrière les grilles d'un cinéma ? –, j'ai été longtemps persuadé qu'il s'agissait d'un petit aveugle. L'enfant sourd, donc, vole des photos de *Citizen Kane*, quête de la neige-luge perdue dont Truffaut admirait l'envoûtante bande sonore. L'ambivalence œil/oreille serait-elle ici la clef ? Y aurait-il un *rosebud* que le rêveur refuse d'entendre, d'où sa « surdité » ?

En tout cas, l'énigme m'avait d'emblée troublé. Ma toute première lettre posait déjà la question. Je tenterais de relancer François, il esquiverait toujours. Ce rêve, sans doute, reflétait mon propre labyrinthe. À quelle insoutenable vérité tentais-je d'échapper en me réfugiant dans le noir de la salle ?

Un film projeté à l'école de la rue Robert-Estienne m'avait traumatisé. *La merveilleuse histoire de Mandy* est celle d'une fillette qui se découvre sourde et muette. Différente des autres.

Dans une scène poignante, l'*infans* réussit à prononcer son nom pour la première fois.

L'une des aïeules belges de ma femme aurait eu des faiblesses pour un poète français, alors en exil politique à Bruxelles. Un enfant allait naître de leurs amours. Si Pascale s'interdit de porter crédit à la légende familiale, il me plaît d'imaginer que nos filles pourraient être les lointaines cousines de Léopoldine et Adèle Hugo.

La sœur de la noyée, filmée par Truffaut, s'acharne, masquant son identité, à nier le père monumental. Le sauvage, lui, n'a ni père ni nom, excepté celui attribué par le docteur Itard. Adèle et l'enfant en deviennent onomastiquement parents. Il suffit d'accoler le prénom de l'un au nom de l'autre : Victor Hugo.

Dans *Portraits volés*, le film de Michel Pascal et Serge Toubiana, évoquant la découverte de son grand-père putatif, le dentiste obturé, Eva Truffaut confie : « Ça m'a troublée, parce que, du coup, on porte un nom qui n'est pas le nôtre. » Pendant un temps, elle se ferait appeler *Ewa*. Les raisons de ce choix lui appartiennent, je serais malvenu d'en juger, mais je ne peux m'empêcher, songeant à Georges Perec, d'associer ce *W* à une origine perdue, soudainement retrouvée.

Je est un Autre. L'enquête avait confirmé à Truffaut que ses soupçons étaient fondés. De son vivant, en dehors de ses proches, et de quelques femmes aussi, il veilla à ne rien laisser filtrer du grand secret. Rien ou presque. Aux archives des Films du Carrosse, j'ai retrouvé une interview parue dans *L'Express* en 1968, au moment où lui serait remis le rapport Dubly :

> [...] J'aurais voulu être juif. Je me sens très attiré par l'humour juif, les grands thèmes juifs, les blagues sur la nourriture et sur l'argent, et surtout ce formidable sens de la vie... Oui, je suis terriblement attiré et, en même temps, je sens que ça m'est interdit, au moins partiellement.

Nul n'aurait songé à interpréter ce commentaire digressif comme un aveu à peine voilé. J'étais censé l'ignorer. Et aucunement m'en mêler. Si je n'avais été moi-même à vif sur la question des origines.

En 1979, un entretien dans une revue anglaise attirait déjà mon attention. Justifiant son refus de tout engagement politique, Truffaut répondait :

> [...] en partie pour des raisons autobiographiques. Je ne me sens pas cent pour cent français et je ne sais pas toute la vérité sur mes origines. *([...] partly for autobiographical reasons. I don't feel one hundred per cent French and I don't know the whole truth about my origins.)*

La formule n'était pas heureuse. À part certains obsessionnels délirants, et quelques fromages au lait cru, qui peut revendiquer l'appellation « cent pour cent français » ? Je cherchais à décoder les mots. Jusqu'alors, les fiches biographiques du cinéaste ne laissaient planer aucun doute. Il était, banalement, le fils de Roland et Janine Truffaut. Quelle « vérité » pouvait-il ignorer ? Un Autre est Je ?

Le 20 août 1980, à Paris, dans le hall de l'hôtel Intercontinental, je feuillette un magazine de cinéma, où, à l'occasion de la sortie prochaine du *Dernier Métro*, figure un portrait de Truffaut. Une touriste américaine, belle, grande, brune, s'assied à mes côtés, désigne la photo et me dit, en anglais : « Je connais cet homme. » J'opine, c'est un metteur en scène célèbre.

Non, elle l'a rencontré, en personne, dans des circonstances particulières. En Amérique, il y a quelques années, au cours d'une réception, seule invitée à parler français, elle avait accepté de lui tenir compagnie. Cette nuit-là, il s'était livré. Plus que d'intimes confidences à une inconnue, la nécessité impérieuse de raconter son histoire, d'en éprouver la validité.

À cette jeune femme qu'il ne reverrait plus, il dit tout de ses origines. Il portait le nom de son père adoptif, l'homme qui l'avait engendré était juif.

Sur le moment, elle soupçonnait quelque délire mythomane – ma conviction également, je dois dire, s'agissant d'elle. Peu cinéphile, elle doutait même qu'il fût vraiment cinéaste. Dans *Rencontres du troisième type*, elle reconnaîtrait, incarnant un ufologue, son étrange confident.

Après avoir recueilli ce témoignage – coup de tonnerre dans un ciel serein –, je vois *Le Dernier Métro*. « Qu'est-ce que c'est, avoir l'air juif ? », s'interroge le metteur en scène encavé.

Deux mois auparavant, François animait une rétrospective Lubitsch. Certaines copies n'étaient pas sous-titrées. À ses côtés en projection, j'étais chargé de lui traduire les *understatements* du dialogue. Lui qui n'avait jamais su apprendre l'anglais se fiait à mon bagage scolaire. Il me réclamait en chuchotant le sens des répliques, mais aussi, bien qu'il connût ces films par cœur, des explications sur les situations, l'identité des personnages.

Au cours des débats, certains cinéphiles, dogmatiques face à un cinéaste défiant les lois de la pesanteur, irritaient François. À propos de *To be or not to be*, contenant mal une certaine colère, il s'était soudain emporté : « On croyait que c'était de mauvais goût de faire rire avec l'expression "camp de concentration" ! En fait, on pourrait dire aussi le contraire c'était courageux, en 42 dans un film, qu'on entende l'expression "camp de concentration", alors que tant de gens prétendent avoir ignoré l'existence des camps jusqu'en 45. On était en 42 et on peut prendre l'argument inverse : on nous a tellement raconté après la guerre, le pape y compris, qu'on n'avait rien su des camps, bon, eh bien, là, les camps de concentration, on voit bien qu'il ne s'agit pas de camps de vacances ! »

J'avais été saisi par la véhémence du ton. Le récit de la femme de l'hôtel en révélait les fondements.

Dès lors, je me trouvai lesté d'un secret que je ne pouvais partager avec personne. Surtout pas avec François. Dépositaire involontaire de son histoire la plus intime, je n'aurai d'autre alternative que la loi du silence.

Après vingt années de *black-out* absolu, il m'est permis, je crois, d'éclairer cette nuit américaine. À la belle inconnue, peut-être par goût de la fiction, Truffaut n'avait fait aucune mention du dentiste, le Lévy de Belfort – preuve que la piste était peu sûre. Il s'était attribué un père romanesque, sorte de Hollandais volant, dont le patronyme, en admettant qu'il m'ait été restitué fidèlement, sortait du néant. Et y demeurera. Ni flic ni biographe, il ne m'appartient pas de démêler le vrai du faux. Je laisse à Truffaut sa part de jeu.

Mais de tout cela, je fus obscurément et personnellement remué. L'Intercontinental me renvoyait à d'autres halls d'hôtels, peuplés de mélancoliques déracinés. Patrick Modiano les évoque dans son *Livret de famille* :

> Je pensais à mes parents. J'eus la certitude que si je voulais rencontrer des témoins et des amis de leur jeunesse, ce serait toujours dans des endroits semblables à celui-ci : halls d'hôtels désaffectés de pays lointains où flotte un parfum d'exil et où viennent

échouer les êtres qui n'ont jamais eu d'assise au cours de leur vie, ni d'état civil très précis.

Une brève rencontre suffirait à Gérard Depardieu, intuitif toujours foudroyant, pour me percer à jour : « Toi, je ne te connais pas, mais... tu es le fils de quelqu'un. »

De qui ? Avec Adèle H., « Je dénonce l'imposture de l'état civil et l'escroquerie de l'identité » et longtemps, je me suis appliqué à brouiller les pistes.

« Vous êtes quoi, d'origine ? »

Aux inquisiteurs de *L'Express*, Truffaut répondait :

« Rien du tout. Parisien.

– Même pas un grand-père paysan qui vous a enraciné dans la terre où vous êtes ?

– Je ne sais pas. Je ne crois pas. »

À cette question lancinante du terroir originel, je rétorque moi aussi « rien du tout ». François recherchait ses origines, je niais les miennes.

Ne plus être l'Autre, mais le Même.

Depuis l'âge de sept ans, j'ai cessé de prononcer un mot banal, désormais sans objet, « papa ». Notre mère disait « votre père ». Mon frère et moi, pudiquement, le désignions par son prénom, Armand.

Dans *La Chambre verte*, Truffaut-Davenne raconte : « Je suis retourné il y a peu de temps au Vieil-Armand où j'ai passé deux années de guerre. Les combats ont été tellement violents là-bas que le sol est rempli d'obus et que la terre, que la terre elle-même est devenue incultivable. »

Le Vieil-Armand était le surnom d'un sommet des Vosges qui fit l'objet de sanglants combats en 1915. Mais j'entends ces mots comme une évocation métaphorique de mon père.

Fuyant une terre elle aussi ensanglantée en 1915, pour d'autres raisons, jonchée de cadavres et « devenue incultivable », à tous les sens, mon « vieil Armand », alors enfant, avait trouvé asile en France. Apatride, selon ses premiers papiers d'identité.

Trop jeune pour mourir, il était assez âgé pour avoir fait la Drôle de guerre, incorporé dans l'artillerie de 1937 à 1940.

Le 2 septembre 1939, il inaugure son journal de campagne : « Premier jour de la mobilisation générale. Où s'arrêtera ce carnet ? »

Le 6 avril 1940, en permission près de Pau, 1 loge dans un château : « J'occupe *la chambre verte.* » C'est moi qui souligne, évidemment.

Il décrit le découragement, la débâcle, et interrompt son journal le 29 juin : « Liaison à St-Flour. Tout le monde s'en fiche là-bas. »

La guerre, des avions abattus – combien de

veuves et d'orphelins ? – lui valurent des décorations et l'honneur d'être français, complètement. Dans un pays défait, ce fut sa victoire.

À ses fils acculturés, il laisserait un *vaterland* innommé. Lui dans la tombe, notre mère dans les brumes, il n'y avait plus personne pour nous dire où nous allions. Moins encore d'où nous venions. Pour un enfant sans terre, le cinéma serait la seule patrie.

Sur le point de perpétrer un génocide, Hitler ricanait : « Qui se souvient aujourd'hui de l'extermination des Arméniens ? »

Personne, en effet. À commencer par eux-mêmes. Le déni du crime par les bourreaux a condamné les victimes et leurs descendants à une amnésie, Arménie, honteuse. Interdit de nommer ce qui n'a pas eu lieu. Impossible de faire le deuil. Millions de morts forclos dans le silence.

Les cellules nerveuses traduisent les effets mécaniques de la douleur, mais pour l'éprouver, il faut l'interaction des neurones du cerveau. Je souffre parce que je me souviens d'avoir souffert. Pas de douleur sans mémoire. Nos parents prétendaient détourner le postulat : pas de mémoire, donc pas de douleur.

À la maison, un soir de Noël, une dame âgée, qui venait de subir l'opération de la cataracte, me raconta la scène traumatique dont elle avait été témoin petite fille, sa sœur enceinte éventrée à vif, son père les pieds nus cloués de fers à cheval. La fête de la nativité se prêtait mal à ce genre d'évocations. La vieille dame fut sommée de se taire. Elle n'avait rien vu à Erzeroum, rien. La porte entrouverte sur le charnier se referma aussitôt. Depuis ce soir de mon enfance, le mot « cataracte », la cécité, les affections de l'œil, restent pour moi étroitement liés à ces massacres dont on ne nous parla plus jamais.

Le solitaire incarné par Truffaut dans *La Chambre verte* a survécu aux tranchées. Au petit garçon qu'il a adopté, il projette des plaques photographiques, les cadavres de soldats mutilés.

Heimatlos, le vieil Armand n'eut pas le temps d'invoquer pour ses fils les martyrs et fantômes qui le hantaient.

De mes origines, François était dans le secret. Dès notre première rencontre, se référant à la fratrie arménienne de *Tirez sur le pianiste*, il m'avait questionné. Il m'imaginait entouré d'une smala chaleureuse. Je m'étais empressé de lui opposer un sec démenti. J'avais baissé le rideau de fer une fois pour toutes. Il n'y reviendrait plus.

L'adoption d'un nom de guerre relève d'une tradition littéraire et journalistique. *Aux Cahiers du cinéma*, Truffaut empruntait celui de Robert Lachenay, son ami d'enfance, ou se masquait à demi en François de Montferrand, nom de sa mère. Le 7 mai 1980, au détour d'une lettre, je l'informai :

> [...] Dans le dernier numéro de *Cinématographe*, l'un de mes articles porte sur *Le Dernier Métro*. Peut-être le lirez-vous, vous découvrirez alors mon discret pseudonyme...

En réalité, un changement officiel d'état civil. Par coïncidence, une de plus, mais celle-ci des plus troublantes, j'avais entrepris les démarches administratives juste avant que la touriste américaine me révèle l'identité brouillée de Truffaut. Dans un second temps, les formalités légales accomplies, je tins à lui préciser :

L'autre nom, par la grâce du Conseil d'État, a disparu aux oubliettes. C'est ainsi.

À lui, naturellement, j'avais voulu le confesser. Il en prit acte et m'écrirait dorénavant au nom choisi – puisé dans l'œuvre romanesque de Pierre Klossowski. Il s'était abstenu de commenter ma décision. Je ne sais s'il en avait mesuré toute la portée. Pas plus que moi. Je n'ai pas de fils. Le nom d'adoption ne me survivra probablement pas, et je m'en réjouis. À moins que mes filles ne cherchent plus tard à restaurer l'identité effacée par le père apostat. Une procédure, « Changement de nom retour », que l'administration veille à décourager. Le passeport des émigrants arméniens portait la mention « Retour interdit ».

À s'entendre répéter qu'on porte un nom « imprononçable », on finit par obtempérer. Les handicapés patronymiques se risquent à modifier leur état civil à l'occasion d'un événement familial saillant, La disparition du père, le plus souvent. Écrire et publier en français – ma langue, au bout du compte, maternelle – m'avait fait passer à l'acte. Mais je ne voulais pas seulement remplacer un nom de plomb par un nom de plume. Plus qu'un jeu de masques, c'était un meurtre de sang-froid.

L'orphelin prématuré n'avait qu'un moyen d'accomplir son destin œdipien. Effacer le nom du père. Et ainsi oblitérer le stigmate qui trahissait l'origine. Ce suffixe en « ian », infamant bonnet d'âne – hi-han –, qui m'avait valu tant de moqueries et d'humiliations. Métèque, youpin, crouille : les tyranneaux ignares des cours de récréation m'affublaient de petits noms charmants et je ne trouvais rien à répondre.

Nulle aménité en cette arménité. Du pays perdu, on ne m'avait transmis ni l'histoire, ni la langue, ni même la cuisine. On a alors moins de scrupules à faire établir de faux papiers.

Je ne voulais pas me contenter d'une apocope. Tout ou rien. Un nom « bien de chez nous ». C'était pousser un peu loin l'assimilation, comme on disait. Et faire le jeu des négationnistes – ce crime a aussi les siens – en corroborant un cynique sophisme : il ne peut y avoir de génocide arménien, puisque les Arméniens n'existent pas.

Mon père, d'après sa veuve, avait envisagé de porter le masque. Trop tard, sa carrière au barreau était faite. Lui aussi avait eu à souffrir d'une certaine xénophobie. Dans son éloge funèbre, Jean-Denis Bredin y faisait allusion : « L'homme était plus compliqué. Arménien d'origine et de nom, trop modeste pour être jamais rassuré, il entretint toujours l'inquiétude de n'être pas absolument comme les autres... »

Travestir le nom n'efface pas les origines. Mais au moins, comme du gibier ayant passé la rivière, la meute hurlante perd votre piste. La transmission du patronyme constitue chez nous un principe sacré. Dans d'autres sociétés, un tabou. J'appartiens à la tribu des Parisii, mais l'ethnocentrisme a ses limites. Allons voir ailleurs si j'y suis. Connaisseur du monde, Claude Lévi-Strauss nous informe que chez les Tiwi des îles Melville et Bathurst, le nom du défunt et tous ceux qui s'en approchent sont aussitôt prohibés : « Un jeune enfant qui n'aurait qu'un seul nom, reçu de son père, deviendrait sans nom si celui-ci mourait, et il resterait dans cet état jusqu'à ce qu'un autre nom lui vienne d'ailleurs. »

On croit s'inventer une identité. Même dans la tombe, les pères ne laissent pas les fils renommer la dynastie. De gré ou de force, le nouveau patronyme renvoie à l'ancien.

Le choix du mien me fit longtemps tergiverser. Au jour fatidique, je n'étais pas décidé. Dans l'autobus qui me conduisait à la Chancellerie, j'attrapais encore au vol des noms de rues ou d'enseignes.

En tout premier lieu, j'avais envisagé Ferrand, comme le cinéaste de *La Nuit américaine*, initialement prénommé Jérôme. C'était tout de même un peu gros. Et je préférais ne pas mêler Truffaut à mon forfait. C'est pourtant ce qui s'est produit.

Auteur de séries blêmes, David Goodis s'y connaissait en pseudonymes, hétéronymes, brouillages biographiques. Il s'inventait des identités et des vies parallèles. Quoique l'un de ses amis intimes, un pianiste, fût arménien, l'antihéros de son *Tirez sur le pianiste* ne l'était pas. En adaptant le roman, l'année de ma naissance, Truffaut avait modifié le nom du personnage pour lui attribuer cette origine – en hommage à William Saroyan, écrivain qu'il adorait –, mais aussi en fonction de son acteur principal. Le rôle de l'Arménien inquiet avait été confié à son « petit voisin » : la famille Aznavour habitait la même rue que les Truffaut.

Après le suicide de sa femme, un saut dans le vide, le pianiste Édouard Saroyan change de nom. Il devient Charlie Kohler. Kohler est l'homophone de « colère ». Dans la plupart des mythologies, on symbolise la colère divine par le tonnerre. Croyant échapper au nom du père, j'aurais malgré moi renoué avec les origines.

Un hall monumental typique de la fin du siècle précédent. Je ne sais pas pourquoi, je pense au tombeau du Bernin.

Je suis déjà venu dans l'immeuble de l'avenue Pierre-Ier-de-Serbie. Je tiens pourtant à vérifier l'étage sur la liste des locataires. Le nom que je cherche n'y est pas. Pour préserver un certain incognito, peut-être. Un homme âgé, tenant un chien au bout de sa laisse, entre à son tour dans le hall, me toise, suspicieux :

« Vous cherchez quelqu'un ?

– Monsieur Truffaut. »

Embarrassé, il me dit que M. Truffaut a été très malade et qu'il est parti depuis longtemps. J'objecte que c'est impossible : nous avons rendez-vous ici même, aujourd'hui, à deux heures. Il me suggère de m'adresser à la gardienne.

Tandis qu'elle me répond, une Espagnole volubile, je me demande si, effectivement, je ne fais pas erreur. Il m'apparaît maintenant que je n'avais pas rendez-vous avec François, mais avec mon ophtalmologiste. Il devait me prescrire de nouveaux verres – rapportant l'incident à ma femme, je dis « de nouveaux rêves ». Une confusion d'autant plus absurde que je ne porte pas de lunettes et ne connais pas d'ophtalmologiste.

La gardienne me considère avec la patience qu'on accorde aux esprits égarés. Je n'arrive pas à déterminer qui perd la tête. François qui m'a fixé rendez-vous ici alors qu'il n'y habite plus ? Ou moi-même, venu rendre visite à un mort ?

J'ai fait ce rêve.

L'épilogue, je le croyais, de notre histoire.

Mais j'apprends que Les Films du Carrosse sont mis en vente. Quelqu'un d'autre occupera le bureau de François rue Robert-Estienne. Plus rien désormais ne me retient dans le quartier. Il serait temps que le petit voisin déménage.

Vivement dimanche.

DU MÊME AUTEUR

Aux Éditions Calmann-Lévy

LE PETIT VOISIN, 1999 (Folio n° 3615)

Aux Éditions Plon

LELOUCH FILME « LES UNS ET LES AUTRES » : HISTOIRE D'UN TOURNAGE, 1982

Aux Éditions Flammarion

UN HOMME DE JOIE – DIALOGUE AVEC YVES ROBERT, 1996

COLLECTION FOLIO

Dernières parutions

3227. Maupassant   *Bel-Ami.*
3228. Molière   *Le Tartuffe.*
3229. Molière   *Dom Juan.*
3230. Molière   *Les Femmes savantes.*
3231. Molière   *Les Fourberies de Scapin.*
3232. Molière   *Le Médecin malgré lui.*
3233. Molière   *Le Bourgeois gentilhomme.*
3234. Molière   *L'Avare.*
3235. Homère   *Odyssée.*
3236. Racine   *Andromaque.*
3237. La Fontaine   *Fables choisies.*
3238. Perrault   *Contes.*
3239. Daudet   *Lettres de mon moulin.*
3240. Mérimée   *La Vénus d'Ille.*
3241. Maupassant   *Contes de la Bécasse.*
3242. Maupassant   *Le Horla.*
3243. Voltaire   *Candide ou l'Optimisme.*
3244. Voltaire   *Zadig ou la Destinée.*
3245. Flaubert   *Trois Contes.*
3246. Rostand   *Cyrano de Bergerac.*
3247. Maupassant   *La Main gauche.*
3248. Rimbaud   *Poésies.*
3249. Beaumarchais   *Le Mariage de Figaro.*
3250. Maupassant   *Pierre et Jean.*
3251. Maupassant   *Une vie.*
3252. Flaubert   *Bouvart et Pécuchet.*
3253. Jean-Philippe Arrou-
       Vignod   *L'Homme du cinquième jour.*
3254. Christian Bobin *La femme à venir.*
3255. Michel Braudeau *Pérou.*
3256. Joseph Conrad   *Un paria des îles.*
3257. Jerôme Garcin   *Pour Jean Prévost.*
3258. Naguib Mahfouz *La quête.*

3259. Ian McEwan — *Sous les draps et autres nouvelles.*

3260. Philippe Meyer — *Paris la Grande.*

3261. Patrick Mosconi — *Le chant de la mort.*

3262. Dominique Noguez — *Amour noir.*

3263. Olivier Todd — *Albert Camus, une vie.*

3264. Marc Weitzmann — *Chaos.*

3265. Anonyme — *Aucassin et Nicolette.*

3266. Tchekhov — *La dame au petit chien et autres nouvelles.*

3267. Hector Bianciotti — *Le pas si lent de l'amour.*

3268 Pierre Assouline — *Le dernier des Camondo.*

3269. Raphaël Confiant — *Le meurtre du Samedi-Gloria.*

3270. Joseph Conrad — *La Folie Almayer.*

3271. Catherine Cusset — *Jouir.*

3272. Marie Darrieussecq — *Naissance des fantômes.*

3273. Romain Gary — *Europa.*

3274. Paula Jacques — *Les femmes avec leur amour.*

3275. Iris Murdoch — *Le chevalier vert.*

3276. Rachid O. — *L'enfant ébloui.*

3277. Daniel Pennac — *Messieurs les enfants.*

3278. John Edgar Wideman — *Suis-je le gardien de mon frère ?*

3279. François Weyergans — *Le pitre.*

3280. Pierre Loti — *Le Roman d'un enfant* suivi de *Prime jeunesse.*

3281. Ovide — *Lettres d'amour.*

3282. Anonyme — *La Farce de Maître Pathelin.*

3283. François-Marie Banier — *Sur un air de fête.*

3284. Jemia et J.M.G. Le Clézio — *Gens des nuages.*

3285. Julian Barnes — *Outre-Manche.*

3286. Saul Bellow — *Une affinité véritable.*

3287. Emmanuèle Bernheim — *Vendredi soir.*

3288. Daniel Boulanger — *Le retable Wasserfall.*

3289. Bernard Comment — *L'ombre de mémoire.*

3290. Didier Daeninckx — *Cannibale.*

3291. Orhan Pamuk — *Le château blanc.*

3292. Pascal Quignard — *Vie secrète.*

3293. Dominique Rolin — *La Rénovation.*

3294. Nathalie Sarraute. — *Ouvrez.*

3295. Daniel Zimmermann — *Le dixième cercle.*

3296. Zola — *Rome.*

3297. Maupassant — *Boule de suif.*
3298. Balzac — *Le Colonel Chabert.*
3299. José Maria Eça de Queiroz — *202, Champs-Élysées.*
3300. Molière — *Le Malade Imaginaire.*
3301. Sand — *La Mare au Diable.*
3302. Zola — *La Curée.*
3303. Zola — *L'Assommoir.*
3304. Zola — *Germinal.*
3305. Sempé — *Raoul Taburin.*
3306. Sempé — *Les Musiciens.*
3307. Maria Judite de Carvalho — *Tous ces gens, Mariana...*
3308. Christian Bobin — *Autoportrait au radiateur.*
3309. Philippe Delerm — *Il avait plu tout le dimanche.*
3312. Pierre Pelot — *Ce soir, les souris sont bleues.*
3313. Pierre Pelot — *Le nom perdu du soleil.*
3314. Angelo Rinaldi — *Dernières nouvelles de la nuit.*
3315. Arundhati Roy — *Le Dieu des Petits Riens.*
3316. Shan Sa — *Porte de la paix céleste.*
3317. Jorge Semprun — *Adieu, vive clarté...*
3318. Philippe Sollers — *Casanova l'admirable.*
3319. Victor Segalen — *René Leys.*
3320. Albert Camus — *Le premier homme.*
3321. Bernard Comment — *Florence, retours.*
3322. Michel Del Castillo — *De père français.*
3323. Michel Déon — *Madame Rose.*
3324. Philipe Djian — *Sainte-Bob.*
3325. Witold Gombrowicz — *Les envoûtés.*
3326. Serje Joncour — *Vu.*
3327. Milan Kundera — *L'identité.*
3328. Pierre Magnan — *L'aube insolite.*
3329. Jean-Noël Pancrazi — *Long séjour.*
3330. Jacques Prévert — *La cinquième saison.*
3331. Jules Romains — *Le vin blanc de la Villette.*
3332. Thucydide — *La Guerre du Péloponnèse.*
3333. Pierre Charras — *Juste avant la nuit.*
3334. François Debré — *Trente ans avec sursis.*
3335. Jérôme Garcin — *La chute de cheval.*
3336. Syvie Germain — *Tobie des marais.*
3337. Angela Huth — *L'invitation à la vie conjugale.*
3338. Angela Huth — *Les filles de Hallows Farm.*

3339. Luc Lang — *Mille six cents ventres.*

3340. J.M.G. Le Clézio — *La fête chantée.*

3341. Daniel Rondeau — *Alexandrie.*

3342. Daniel Rondeau — *Tanger.*

3343. Mario Vargas Llosa — *Les carnets de Don Rigoberto.*

3344. Philippe Labro — *Rendez-vous au Colorado.*

3345. Christine Angot — *Not to be.*

3346. Christine Angot — *Vu du ciel.*

3347. Pierre Assouline — *La cliente.*

3348. Michel Braudeau — *Naissance d'une passion.*

3349. Paule Constant — *Confidence pour confidence.*

3350. Didier Daeninckx — *Passages d'enfer.*

3351. Jean Giono — *Les récits de la demi-brigade.*

3352. Régis Debray — *Par amour de l'art.*

3353. Endô Shûsaku — *Le fleuve sacré.*

3354. René Frégni — *Où se perdent les hommes.*

3355. Alix de Saint-André — *Archives des anges.*

3356. Lao She — *Quatre générations sous un même toit II.*

3357. Bernard Tirtiaux — *Le puisatier des abîmes.*

3358. Anne Wiazemsky — *Une poignée de gens.*

3359. Marguerite de Navarre — *L'Heptaméron.*

3360. Annie Cohen — *Le marabout de Blida.*

3361. Abdelkader Djemaï — *31, rue de l'Aigle.*

3362. Abdelkader Djemaï — *Un été de cendres.*

3363. J.P. Donleavy — *La dame qui aimait les toilettes propres.*

3364. Lajos Zilahy — *Les Dukay.*

3365. Claudio Magris — *Microcosmes.*

3366. Andreï Makine — *Le crime d'Olga Arbélina.*

3367. Antoine de Saint-Exupéry — *Citadelle (édition abrégée).*

3368. Boris Schreiber — *Hors-les-murs.*

3369. Dominique Sigaud — *Blue Moon.*

3370. Bernard Simonay — *La lumière d'Horus (La première pyramide III).*

3371. Romain Gary — *Ode à l'homme qui fut la France.*

3372. Grimm — *Contes.*

3373. Hugo — *Le Dernier Jour d'un Condamné.*

3374. Kafka — *La Métamorphose.*

3375. Mérimée — *Carmen.*

3376. Molière — *Le Misanthrope.*

3377. Molière   *L'École des femmes.*
3378. Racine   *Britannicus.*
3379. Racine   *Phèdre.*
3380. Stendhal   *Le Rouge et le Noir.*
3381. Madame de Lafayette   *La Princesse de Clèves.*
3382. Stevenson   *Le Maître de Ballantrae.*
3383. Jacques Prévert   *Imaginaires.*
3384. Pierre Péju   *Naissances.*
3385. André Velter   *Zingaro suite équestre.*
3386. Hector Bianciotti   *Ce que la nuit raconte au jour.*
3387. Chrystine Brouillet   *Les neuf vies d'Edward.*
3388. Louis Calaferte   *Requiem des innocents.*
3389. Jonathan Coe   *La Maison du sommeil.*
3390. Camille Laurens   *Les travaux d'Hercule.*
3391. Naguib Mahfouz   *Akhénaton le renégat.*
3392. Cees Nooteboom   *L'histoire suivante.*
3393. Arto Paasilinna   *La cavale du géomètre.*
3394. Jean-Christophe Rufin   *Sauver Ispahan.*
3395. Marie de France   *Lais.*
3396. Chrétien de Troyes   *Yvain ou le Chevalier au Lion.*
3397. Jules Vallès   *L'Enfant.*
3398. Marivaux   *L'Île des Esclaves.*
3399. R.L. Stevenson   *L'Île au trésor.*
3400. Philippe Carles
      et Jean-Louis Comolli   *Free jazz, Black power.*
3401. Frédéric Beigbeder   *Nouvelles sous ecstasy.*
3402. Mehdi Charef   *La maison d'Alexina.*
3403. Laurence Cossé   *La femme du premier ministre.*
3404. Jeanne Cressanges   *Le luthier de Mirecourt.*
3405. Pierrette Fleutiaux   *L'expédition.*
3406. Gilles Leroy   *Machines à sous.*
3407. Pierre Magnan   *Un grison d'Arcadie.*
3408. Patrick Modiano   *Des inconnues.*
3409. Cees Nooteboom   *Le chant de l'être et du paraître.*
3410. Cees Nooteboom   *Mokusei!*
3411. Jean-Marie Rouart   *Bernis le cardinal des plaisirs.*
3412. Julie Wolkenstein   *Juliette ou la paresseuse.*
3413. Geoffrey Chaucer   *Les Contes de Canterbury.*
3414. Collectif   *La Querelle des Anciens et des
                               Modernes.*
3415. Marie Nimier   *Sirène.*

3416. Corneille — *L'Illusion Comique.*

3417. Laure Adler — *Marguerite Duras.*

3418. Clélie Aster — *O.D.C.*

3419. Jacques Bellefroid — *Le réel est un crime parfait, Monsieur Black.*

3420. Elvire de Brissac — *Au diable.*

3421. Chantal Delsol — *Quatre.*

3422. Tristan Egolf — *Le seigneur des porcheries.*

3423. Witold Gombrowicz — *Théâtre.*

3424. Roger Grenier — *Les larmes d'Ulysse.*

3425. Pierre Hebey — *Une seule femme.*

3426. Gérard Oberlé — *Nil rouge.*

3427. Kenzaburô Ôé — *Le jeu du siècle.*

3428. Orhan Pamuk — *La vie nouvelle.*

3429. Marc Petit — *Architecte des glaces.*

3430. George Steiner — *Errata.*

3431. Michel Tournier — *Célébrations.*

3432. Abélard et Héloïse — *Correspondances.*

3433. Charles Baudelaire — *Correspondance.*

3434. Daniel Pennac — *Aux fruits de la passion.*

3435. Béroul — *Tristan et Yseut.*

3436. Christian Bobin — *Geai.*

3437. Alphone Boudard — *Chère visiteuse.*

3438. Jerome Charyn — *Mort d'un roi du tango.*

3439. Pietro Citati — *La lumière de la nuit.*

3440. Shûsaku Endô — *Une femme nommée Shizu.*

3441. Frédéric. H. Fajardie — *Quadrige.*

3442. Alain Finkielkraut — *L'ingratitude.* Conversation sur notre temps

3443. Régis Jauffret — *Clémence Picot.*

3444. Pascale Kramer — *Onze ans plus tard.*

3445. Camille Laurens — *L'Avenir.*

3446. Alina Reyes — *Moha m'aime.*

3447. Jacques Tournier — *Des persiennes vert perroquet.*

3448. Anonyme — *Pyrame et Thisbé, Narcisse, Philomena.*

3449. Marcel Aymé — *Enjambées.*

3450. Patrick Lapeyre — *Sissy, c'est moi.*

3451. Emmanuel Moses — *Papernik.*

3452. Jacques Sternberg — *Le cœur froid.*

3453. Gérard Corbiau — *Le Roi danse.*

3455. Pierre Assouline — *Cartier-Bresson (L'œil du siècle).*

3456. Marie Darrieussecq — *Le mal de mer.*

3457. Jean-Paul Enthoven — *Les enfants de Saturne.*

3458. Bossuet — *Sermons. Le Carême du Louvre.*

3459. Philippe Labro — *Manuella.*

3460. J.M.G. Le Clézio — *Hasard* suivi de *Angoli Mala.*

3461. Joëlle Miquel — *Mal-aimés.*

3462. Pierre Pelot — *Debout dans le ventre blanc du silence.*

3463. J.-B. Pontalis — *L'enfant des limbes.*

3464. Jean-Noël Schifano — *La danse des ardents.*

3465. Bruno Tessarech — *La machine à écrire.*

3466. Sophie de Vilmorin — *Aimer encore.*

3467. Hésiode — *Théogonie et autres poèmes.*

3468. Jacques Bellefroid — *Les étoiles filantes.*

3469. Tonino Benacquista — *Tout à l'ego.*

3470. Philippe Delerm — *Mister Mouse.*

3471. Gérard Delteil — *Bugs.*

3472. Benoît Duteurtre — *Drôle de temps.*

3473. Philippe Le Guillou — *Les sept noms du peintre.*

3474. Alice Massat — *Le ministère de l'intérieur.*

3475. Jean d'Ormesson — *Le rapport Gabriel.*

3476. Postel & Duchâtel — *Pandore et l'ouvre-boîte.*

3477. Gilbert Sinoué — *L'enfant de Bruges.*

3478. Driss Chraïbi — *Vu, lu, entendu.*

3479. Hitonari Tsuji — *Le Bouddha blanc.*

3480. Denis Diderot — *Les Deux amis de Bourbonne* (à paraître).

3481. Daniel Boulanger — *Le miroitier.*

3482. Nicolas Bréhal — *Le sens de la nuit.*

3483. Michel del Castillo — *Colette, une certaine France.*

3484. Michèle Desbordes — *La demande.*

3485. Joël Egloff — *«Edmond Ganglion & fils».*

3486. Françoise Giroud — *Portraits sans retouches (1945-1955).*

3487. Jean-Marie Laclavetine — *Première ligne.*

3488. Patrick O'Brian — *Pablo Ruiz Picasso.*

3489. Ludmila Oulitskaïa — *De joyeuses funérailles.*

3490. Pierre Pelot — *La piste du Dakota.*

3491. Nathalie Rheims — *L'un pour l'autre.*
3492. Jean-Christophe Rufin — *Asmara et les causes perdues.*
3493. Anne Radcliffe — *Les mystères d'Udolphe.*
3494. Ian McEwan — *Délire d'amour.*
3495. Joseph Mitchell — *Le secret de Joe Gould.*
3496. Robert Bober — *Berg et Beck.*
3497. Michel Braudeau — *Loin des forêts.*
3498. Michel Braudeau — *Le livre de John.*
3499. Philippe Caubère — *Les carnets d'un jeune homme.*
3500. Jerome Charyn — *Frog.*
3501. Catherine Cusset — *Le problème avec Jane.*
3502. Catherine Cusset — *En toute innocence.*
3503. Marguerite Duras — *Yann Andréa Steiner.*
3504. Leslie Kaplan — *Le psychanalyste.*
3505. Gabriel Matzneff — *Les lèvres menteuses.*
3506. Richard Millet — *La chambre d'ivoire...*
3507. Boualem Sansal — *Le serment des barbares.*
3508. Martin Amis — *Train de nuit.*
3509. Andersen — *Contes choisis.*
3510. Defoe — *Robinson Crusoé.*
3511. Dumas — *Les Trois Mousquetaires.*
3512. Flaubert — *Madame Bovary.*
3513. Hugo — *Quatrevingt-treize.*
3514. Prévost — *Manon Lescaut.*
3515. Shakespeare — *Roméo et Juliette.*
3516. Zola — *La bête humaine.*
3517. Zola — *Thérèse Raquin.*
3518. Frédéric Beigbeder — *L'amour dure trois ans.*
3519. Jacques Bellefroid — *Fille de joie.*
3520. Emmanuel Carrère — *L'adversaire.*
3521. Réjean Ducharme — *Gros mots.*
3522. Timothy Findley — *La fille de l'Homme au piano.*
3523. Alexandre Jardin — *Autobiographie d'un amour.*
3524. Frances Mayes — *Bella Italia.*
3525. Dominique Rolin — *Journal amoureux.*
3526. Dominique Sampiero — *Le ciel et la terre.*
3527. Alain Veinstein — *Violante.*
3528. Lajos Zilahy — *L'Ange de la Colère (Les Dukay tome II).*

3529. Antoine de Baecque et Serge Toubiana — *François Truffaut.*

3530. Dominique Bona   *Romain Gary.*
3531. Gustave Flaubert   *Les Mémoires d'un fou.*
                                 Novembre. Pyrénées-Corse.
                                 Voyage en Italie.

3532. Vladimir Nabokov   *Lolita.*
3533. Philip Roth   *Pastorale américaine.*
3534. Pascale Froment   *Roberto Succo.*
3535. Christian Bobin   *Tout le monde est occupé.*
3536. Sébastien Japrisot   *Les mal partis.*
3537. Camille Laurens   *Romance.*
3538. Joseph Marshall III   *L'hiver du fer sacré.*
3540 Bertrand Poirot-Delpech   *Monsieur le Prince.*
3541. Daniel Prévost   *Le passé sous silence.*
3542. Pascal Quignard   *Terrasse à Rome.*
3543. Shan Sa   *Les quatre vies du saule.*
3544. Eric Yung   *La tentation de l'ombre.*
3545. Stephen Marlowe   *Octobre solitaire.*
3546. Albert Memmi   *Le Scorpion.*
3547. Tchékhov   *L'Île de Sakhaline.*
3548. Philippe Beaussant   *Stradella.*
3549. Michel Cyprien   *Le chocolat d'Apolline.*
3550. Naguib Mahfouz   *La Belle du Caire.*
3551. Marie Nimier   *Domino.*
3552. Bernard Pivot   *Le métier de lire.*
3553. Antoine Piazza   *Roman fleuve.*
3554. Serge Doubrovsky   *Fils.*
3555. Serge Doubrovsky   *Un amour de soi.*
3556. Annie Ernaux   *L'événement.*
3557. Annie Ernaux   *La vie extérieure.*
3558. Peter Handke   *Par une nuit obscure, je sortis*
                                 de ma maison tranquille.

3559. Angela Huth   *Tendres silences.*
3560. Hervé Jaouen   *Merci de fermer la porte.*
3561. Charles Juliet   *Attente en automne.*
3562. Joseph Kessel   *Contes.*
3563. Jean-Claude Pirotte   *Mont Afrique.*
3564. Lao She   *Quatre générations sous un*
                                 même toit III.

3565. Dai Sijie   *Balzac et la Petite Tailleuse*
                                 chinoise.

Composition Nord Compo.
Impression Société Nouvelle Firmin-Didot
à Mesnil-sur-l'Estrée, le 20 décembre 2001.
Dépôt légal : décembre 2001.
Numéro d'imprimeur : 57925.

ISBN 2-07-041938-X/Imprimé en France.

148 mort de Truffaut